夜明けと
白と
屍の病

白倉由美

Presented by
Shirakura Yumi

星海社

目次

装画　鶴田謙二
装丁　円と球
フォントディレクション　三本絵理

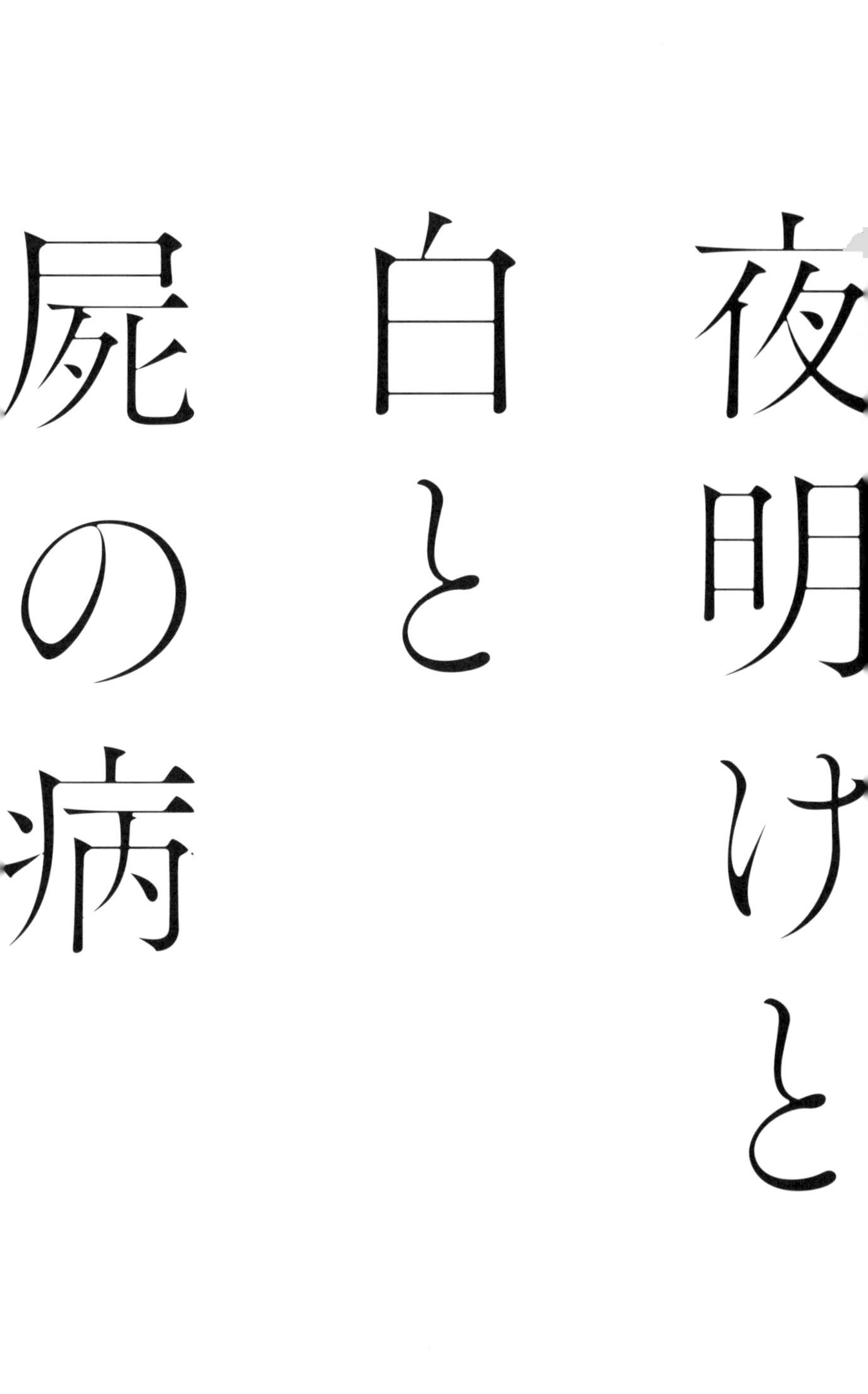
夜明けと
白と
屍の病

1

晴れ渡った青い空は彼方まで見はらせ、鏡のように光っている。その眩(まばゆ)さに史也(ふみや)は目を細めた。長く続く右手の砂原の先には灰色の線が微かにみえる。それが海であることに史也は気がつかない。風はそよいでいたが、潮の香りはしなかった。地上から聳(そび)え立つ墓標(ぼひょう)のようなバス停でバスを待つ史也と久雨(くう)は空の音に耳を傾けていた。史也は久雨の横顔をちらりと盗みみる。こんなに久雨は睫毛(まつげ)が長かったか、と史也は思う。黒い瞳は遥かな追憶を映していたか、肌は沈丁花(じんちょうげ)のように透き通っていたか。

史也の視線に気づいたように久雨は首を傾(かし)げてにこっと笑った。その笑顔に励まされ、バス停の時刻表を指で辿(たど)りながら史也は久雨に話しかけた。

「バスが来るまでまだ時間があるね。よかったら……、もしよかったらだけど、君のこと、少し話してくれない？　おれは確かに君と一緒の教室で過ごしていたけれど、話したのはあの日一日だけなんだ。君のことを、なにもしらない。いま、ここにいるのがおれたちだけだとしても」

「新しい物語を生み出すために過去の物語を語ることが必要ってこと？」

史也は足許（あしもと）の砂をスニーカーの爪先でそっと探った。海から運ばれた細かな貝殻の欠片（かけら）が混じっていた。色とりどりの礫（つぶて）を史也はみつめた。

「おれたちはまだ子どもといえる年齢だけど、試されたし、奪われもした。でもそういうことはきっとこれからも続く気がする。どんなに身をかがめていても季節が変化するとき東から吹いてくる強い風はおれたちの身体を躊躇なく揺さぶるだろう。なにもかもさけて通る訳にはいかない。人生なんて大げさなものはまだわからないけれど、わかっていることがある。それはおれたちはいつか大人になるということだ。学び続けるために傍らに物語を持って歩くことが大切だと思うんだ。バスを降りた先でもね」

「そうね。あのころ――あなたと出逢ったころの私は自分の意志というものを持たなかった。私が十四歳のとき、新月が呪力師（まなし）として私の前に現れたの。それが始まりだった」

それは彼女のために用意された物語であったが、約束が果たされないまま悲しく終わってしまった物語でもあった。

時は遡り、久雨はいま、十四歳だ。いま思うと不思議な気がする、と彼女は過去を思い起こす。あのころ私は海の湾の洞窟に独り住んでいるように自分を閉ざしていた。それでもひたひたと寄せる波のように私の前にふたりの大人の男が現れた。ひとり目は青い瞳の男だ。

彼女の夢のなかで日食が起きる。太陽が姿を消し、世界は暗くなる。ひとびとは萎れた草木のように崩れ落ちる。太陽と運命をともにするように。暗闇に包まれた地球にただひとり残された生命である久雨がたちすくんで、みえない太陽をみあげている。暗い世界をひとりの男が歩いてくる。遠くからでもそれが誰か久雨にはわかる。その男の瞳が青いことも。深い青い瞳はじっと久雨をみつめている。波音がきこえる。この男は海からやってきた。遠くから、久雨に呪いをかけるために、やって来た。

「おれは君が辿る未来から来た」と彼はいう。「いつか、もう一度ここで、君と逢う。君をこの場所まで連れていくことが、おれの呪いなんだよ、久雨」

　引き潮の匂いに久雨ははっと目を醒ました。ひとり目の男が去った気配を感じる。そしてふたり目の男が久雨に声をかける。

「夢をみていたね」と。久雨は首をゆっくりと揺らし、辺りをみた。潮の匂いは消えて、代わりにコーヒーの香りがした。ここは何処だろう、と久雨は思う。テーブルの向こうに新月が座っていた。ふたり目の男、と久雨は観察するように彼をじっとみた。名前は新月。座っていてもわかる背の高い、痩せた、大人のひと。窓の外では激しい雨が降っている。久雨は腕時計をみる。まだ真昼だ。けれど久雨と新月のいる場所は薄暗く涼しかった。他には誰もいない。私、ずっとここにいた？　と久雨はこころで呟（つぶや）く。いつから？

「だいじょうぶ。君が眠っていたのはほんの僅かな時間だから。雨をよける小鳥のようにね」

　新月は穏やかにいう。口許が微笑みの形に似ている。それはゆっくりと開く。

「君がいまいるのは僕の店だよ。僕はいつもここでコーヒーを淹（い）れて君を待っていた。君がこの店に来てくれてうれしい。あのね、僕はこの店の主人でもあるし、アンデッドでもあります。アンデッド。聞いたことがあるでしょう？」

「アンデッド……」

それは紺碧の空に浮かんだ最後の果実を思わせた。香りは強い。胸の奥に沈むほどだ。新月は静かに言葉を声に載せる。

「ほら、噂だよ。都市伝説。届いていない？　君の耳に」

「死んでいるのに死んでいない、そして屍肉を喰うという、あのアンデッド……」

今度ははっきりと新月は笑った。彼の生来のうつくしい資質のひとつであるやさしさがそっと久雨に伝わった。しかし久雨は警戒をとかない。

「あなたはそのアンデッドなの？　私を殺して食べるの？」

「ううん、勿論そんなことはしない。だけど、ねえ、そもそもどうしてアンデッドは屍肉を喰うのだと思う？」

久雨はくちびるを噛み、沈黙を守る。物見高い子どもだと思われたくない。そんな久雨をみつめて、新月は告げる。

「世界に呪いがかけられたから。ひとはひとを喰う運命を科せられた。禁忌だったのにね」

人類にはいくつかの禁忌が科せられていることは久雨もしっていた。けれど禁止されている殺人もひとたび戦争となればそれは賛美に値する行為へと変容する。隔離から断種、安楽死へとつながる事柄も、それが外の世界からやってきて、内側の世界を破壊すると信じられれば簡単に行われてしまうこともしっている。ひとは隣人を愛し、そして隣人であるというだけで憎めるものなのだ。

久雨はいま座っている椅子に目を落とす。フリッツ・ハンセンのその椅子は久雨の身体を包み込むようにくつろがせた。新月は立ち上がりキッチンに戻った。冴え冴えと青白く光るナイフでライムを切る。爽やかな香りが広がった。新月はそれをソーダ水の入ったグラスにいれた。

「僕は呪力師でもあるんだ」

その言葉が木の葉のように床に落ちた気がして久雨はうつむいた。呪力師。聞き慣れない言葉。それは音符のようだ。奏でられるのを待っている。久雨は顔をあげると窺うように彼を斜めにみあげる。私のことを子どもだと思ってるんだ、と久雨は思う。子どもだってなにもわからない訳じゃない。

「いまはまだ午後だ。しかも雨が降っている。でも日が暮れたら雨は止むよ。そして君は夜空に月がないことに気づく。そう、今日は僕の名前とおなじ新月の日だ。毎月この日に、僕は呪力を使えるんだ。君が今日、僕のところに来たのは偶然じゃないよ」

そういえば私はどうしてこの店にいるのだろう？　久雨が記憶を辿ろうとすると、新月はぱちんと指を鳴らす。瞬間、久雨は瞬きをする。なにかが消えた、と彼女は感じる。でもなにが？　新月はまたにっこり笑う。

「さあ質問をしよう。君の名前を教えて？」

「え？」

「ねえ君、名前を思い出せないでしょう？　きっと帰り道もわからないよ。君の記憶は確かに消したよ。これが僕の呪力師としての〈能力〉なんだ」

「きおく……」

事態を飲み込めない久雨はぼんやりとした、だが澄んだ声で、きみのきおくをけした、と繰り返すように呟く。それはどういう意味を持つのだろう？　久雨は自分の名前を思い出そうとする。しかし頭のなかに靄がかかったようにはっきりしない。久雨は首を振る。なにかを探すように。それが掌に落ちてくるように。しかし彼女の掌は空だ。窓の外に降る雨が地面に幾つもの水の輪を作る。それは生まれては消えていく。私の記憶、それはこの水の輪のようなものなのだろうか？　新月はこつん、と、テーブルを指で叩く。

「君の記憶は保持されるほど重要なものだったのかな？　君は空っぽのまま、ただ生きていただけの存在に過ぎなかったのではないのか？」

新月の言葉に久雨は楽譜を隠されたピアニストのように呟く。

「あなた、意地悪ね」

久雨の呪詛を気にも留めず、新月はキッチンの奥で身体をかがめてなにかを探した。久雨は黙ったまま新月をみつめていた。彼は、大きくて四角い箱を手に持って久雨のいるテーブルの上に置いた。

「もうひとつ質問。これはなんでしょう？」

記憶を消したよ、という新月の言葉を胸の奥でくりかえしながらも、久雨は頭の奥をかきまわしてこたえる。

「……プリンター？」

「これはエスプレッソマシンです」

新月は水差しを手にしている。透明な水をエスプレッソマシンに注ぎ込む。しかし久雨はその水が何処に消えたのかがわからない。やがて振動とともに仄かに湯気が立ち昇る。

エスプレッソマシンということは、と久雨は思う。このひとはコーヒーを淹れているのかな？

当然だが久雨のこころの呟きは新月には届かない。新月は久雨にコーヒーカップを差し出した。いい匂いが鼻をくすぐったが久雨は手を伸ばさなかった。

「記憶を消した代償がこのコーヒーなの？」

面白い冗談を聞いたように新月はくちびるを開いて笑う。

「そうだね。そうかもしれない。もう君は僕のものだから、離したくないな」

「気持ち悪い」

「嫌われるのはつらいな」

「じゃあ、記憶を返して」

「それはできないよ」

「どうして？」

新月は砂糖壺とミルクピッチャーを取り出して、テーブルの上に並べる。小さなスプーンでふたつを叩き、鈴のような音を立てる。

「人影のない待合室でそっと、月のない暗い夜にこっそりと、でもみなが話している噂を、君もしっているでしょう？　そうだよ、アンデッドの噂だよ。アンデッドが邪魔をするんだ」

記憶を奪われた久雨だが、何故かアンデッドという言葉の意味はすぐ意識に浮かんだ。久雨はいう。

「でもアンデッドは真実とは限らない。ただのきみの悪い噂かもしれない」

「真実にしろ、虚偽にしろ、君もこの世界に存在している。君だけがそこから逃れることはできないよ」

彼はコーヒーの入ったエスプレッソカップの隣にちいさなフィギュアを置いた。

「コーヒー同様、これも僕の手作りなんだ。むくの木を削って色を塗ったんだ。君にあげる。コーヒーのおまけ」

「これはなに？」

「ハーメルンの笛吹きだよ。笛を吹いて子どもたちを不安ばかりの街から連れ出す。僕の理想だよ。僕の夢が君の御守りになりますように。ね？」

彼女は笛吹きのフィギュアとカップを交互にみつめる。もし久雨の記憶が失われていなかったら、彼女はコーヒーを飲むこともフィギュアを手に取ることもなく店を後にしただろう。しかし久雨は椅子に座り直すと、あきらめたようにコーヒーカップをくちびるに近づけた。新月の作戦はほぼ成功したといえる。コーヒーを飲んだ久雨はため息のようにほっと息を吐く。その様子をじっとみつめて新月はいう。

「遠い国で戦争が始まったことを君もしっているね？　そこで被災するひとびとがいる。でも僕たちは雨に守られた安全な場所でコーヒーを飲んでいる。それが揺るぎない現実だ。一日が終わり、また新しい一日が始まってもそれは変わらない。とても不平等だ。でも仕方ない。僕たちに術はない。そうでしょ？」

久雨はテーブルの上に両手を置く。遠い国、の場所を思い浮かべようとするが、彼女は脳裏に世界地図を思い描くことができない。空間認識能力が乏しいというよりも、彼女にとって遠い国は遥かな幻影のようであり、現実としてこころに実を結ばない。新月の言葉に久雨は罪悪感を覚える。居心地が悪く感じ、足を組みかえ、そっと瞳を閉じる。潮の匂いの夢に似ている、と彼女は思う。その気持ちを察したように新月は久雨に新たな提案をする。

「ねえさっき君がみていた夢を僕に話してくれない？　久雨、君は、繰り返しおなじ夢をみるでしょう？　胸の奥に夢を孕んでいるでしょう？」

久雨は閉じていた睫毛を揺らした。一瞬、沈黙があった。やはり私の名前はくう、か、と思う。

そして記憶を失ったはずの久雨の脳裏に先程の夢が蘇った。青い瞳の男だ。

ふうん、と久雨は挑戦的な気持ちになる。空っぽの私の内側にその夢だけが真実として残っているのか。

「あなたは私から記憶を奪ったのに夢の話を聞きたいの？」

「そう、真実はいつでもおはなしの形をしている。ひとはおはなしというツールを使わないと真実を手に入れることができないんだ。ただ真実のおはなしには種子(たね)が必要なんだ。それなしには語れない。けれど君はそれを持っている」

「種子？　それが夢ってこと？」

「そう、夢の欠片をね」

久雨はもう一度新月をみあげる。背の高い、大人のひと。何処か現実味のないひと。そして不思議な形のエスプレッソマシンでコーヒーを淹れるひと。それはとても甘い。雨の音が耳の奥を叩いている。しかしそれは逆に静寂を呼び醒まし、久雨は彼女の夢のなかに繰り返し訪れる青い瞳の男が新月の背後に佇んでいる錯覚に陥る。新月が微笑むと、久雨は青い瞳の男のことをくちびるに載せてしまう。

「青い瞳のひとに名前をつけてみない？」と新月はいう。

「名前？」

「名前をつければひとつ弱点を握ったのも同然だから。ね、青い瞳の彼の名前は……たとえば……そうだね……」

新月は立ち上がった。エスプレッソマシンから微かな音がする。

「彼の名前は猿田彦(さるたひこ)だ」

そして新月は猿田彦のはなしを始める。潮の匂いが強くなり、漣(さざなみ)が再び波打ち際までゆっくりと届いた。

2

季節が南風を強く羽ばたかせながら世界を包み込んでゆく。眩い陽射し。鮮やかに冴えるツツジの赤い色。揺れ動く草原の緑。真昼が景色を白く光に変えるような街だな、と猿田彦は初めての道を跳ぶように歩きながら思った（と新月は語り始める）。

青い瞳を隠すように、白とも銀ともいえる前髪を長く伸ばし、ひょろりと高い背をかがめた、猿田彦。足許に、朱い葉がひらりと散る。

曖昧でリアルな世界観の内側に猿田彦は存在する。久雨、君の夢のなかにね。それは声にならない音色だ。水滴の真珠だ。夢だから、幻影だから、猿田彦の意識と久雨、君の意識が交感するんだ。

自分が何処からやって来て、何処にいくのかを猿田彦はしらない。なにも所持しない、なにも携(たずさ)えていない猿田彦のほしいもの。それは彼の掌のなかで光る石、つまり真実だと信じられるものだ。それはね、久雨、彼にとって君がそうなんだ。猿田彦は君がほしいんだよ、久雨。だから猿田彦は偽の記憶を持ってきた。おはなしをね。それが君への贈り物だ。

久雨は新月の瞳をじっとみつめる。

「偽の記憶？　どうして？」

久雨は混乱する。背中がひやりと冷たくなる。しかし新月は笑顔で人差し指をそっとくちびるに寄せる。

「だいじょうぶ。これもおはなしに過ぎない。そのおはなしのなかで、猿田彦は君の弱みを手に入れた。だからなくした君の記憶の代わりにおはなしを手に君の夢に現れる。猿田彦はこんな風に君に話しかける」

ねえ、君だってしりたいだろう？　なくしてしまった過去の記憶を、と。

猿田彦の長い前髪からちらりと青く光る瞳が君にはみえる。君は不安な気持ちになる。

そうだよ、おまえはしらなくてはいけない。おれとおまえには深い絆があることもね、と猿田彦はきっと君にいうだろう。君が不安を抱えているのをわかっているんだ。

　あのね、久雨。猿田彦はそれぞれ目を瞑（つむ）り、耳を閉ざし、声を縛られた、三人の老婆に育てられたんだ。先住民族の血をひく三人の老婆と猿田彦は、取り壊されることの決まっている、起伏の激しい入江の奥に建てられた古く狭い納屋みたいな貧相な家にひっそりと隠れるように住んでいた。猿田彦には戸籍がない。学校にもいっていない。本名すらない。掌のなかは空っぽだ。なにも所持していない。野良犬だって逃げてゆく。

　そんな猿田彦が久雨、君を拾ったのは、春まだ浅い三月の夜だった。そう、君は捨て子さ。いま、君が両親だと思っているひとは、君のほんとうのお父さんやお母さんじゃない。勿論、お兄さんもね。

　赤い椿（つばき）がちらちらと星が散るように仄みえる真昼、猿田彦は捨てられていた君を拾った。猿田彦はまだ赤ん坊だった君を抱きかかえて家に戻った。

　三人の老婆はよろこんで君を迎えてくれた。君にミルクを与え、おしめを取り替え、子守歌を歌った。猿田彦は幸せだった。

「私は捨て子なんかじゃない」

赤いくちびるを尖らせて久雨は話を途切れさせる。新月は久雨を宥(なだ)めるようにブラインドをそっと降ろす。仄暗い店内は柔らかい間接照明に照らされて、温かい。

「久雨。猿田彦の語ることはすべておはなし、おはなしだよ。瞬きしたら消える。もうすこし、猿田彦のはなしを聞いていてくれ」

久雨はなにかいいたげに一瞬険しい視線を新月に向けたが、さらりと髪を揺らし、うつむいた。

「続けてください」

新月は話し続ける。


遠く聞こえる潮騒に満たされるように猿田彦は君を深く愛した。それは甘く、春が深まるように色彩(いろ)鮮やかに猿田彦の胸を染めた。うつくしい気持ち、愛しいと、幼い者を慰撫(いぶ)する気持ちを猿田彦は久雨、君からもらったと思っている。

でもそんな日々は続かなかった。彼と三人の老婆が住む家がダムの底に沈む日が来たからだ。猿田彦と三人の老婆は最後まで家の片隅で息をひそめていた。けれどときは来た。大勢の大人が、破壊のための大きな機械を持ってやって来た。まるでこれから戦争でも始まるみたいに。猿田彦はまだ少年で、大人たちに逆(さか)らえるほどちからがなかった。市の執行人が、猿田彦の手から、久雨、君を攫(さら)うまで猿田彦は叫び続けた。けれど彼も手足を押さえられ、君は大人たちに連れていかれた。猿田彦の叫びはもう何処にも届かなかった。ダム建設のために放たれた爆薬が地面を砕いていった。猿田彦を守っていてくれたものが、流れて消える星の速さより、短く消えてしまう。三人の老婆たちも散り散りになった。

猿田彦、私を夢にみて。

そう君がいった、と猿田彦は思うことにした。

いつか夢で私に逢いに来て。

いつまでもあなたを待っている、青い瞳を忘れない、と君が彼を思っていると彼は信じた。

そんな幻想を抱いて、猿田彦は寂しいこころをあやした。幾つかの季節が過ぎ、成長した猿田彦は不思議な〈能力〉を手に入れた、そう、君の夢に潜り込む〈能力〉だ。

だから君の夢に逢いに来た。そして久雨、おまえを失った日から、おれはずっとおまえを捜していたんだよ、と猿田彦はいいたいんだ。遠く打ち寄せる海の潮(うしお)のように。

でもそれは誰の声だろう?

猿田彦とは誰だろう?

そう、猿田彦はいまでもこころに誓っている。久雨、おまえを誰にも渡さない。おまえを奪うのは、自分なんだ、と。久雨、猿田彦は君を手に入れたら三人の老婆がいる家に帰る、と強い思いを抱いている。そこはダムの建設のために深い水の底に沈んでしまったけれど。


「猿田彦は君の夢に現れる手段を思いついた。でもね、水没した土地がないように、猿田彦も三人の老婆もいない。君には家族がいる。守ってくれるひとがいる。そうだね?」

久雨はうつむいて掌のなかの笛吹きのフィギュアをみつめていた。新月は奇妙な形のエスプレッソマシンにコーヒーの粉を詰める。お湯の沸く音がする。

「猿田彦は遠い場所にある、失われた星だと思えばいい」

「星？」

久雨はぼんやりと顔をあげて、新月をみた。

「そう、星は壊れてなくなった。でもその光が地球の、君の目にはまだ映っている。きらきらと青い光を瞬かせて。でももう星はないんだ。君に届くのは星が消えたときの最後の光だけ。青い瞳はこの宇宙から消えてしまったんだよ。君を何処にも連れていけない」

新月はエスプレッソコーヒーをそっとテーブルの上に置く。久雨は黙っているが、やがて手を伸ばしてコーヒーをゆっくりと口に含む。

「青い瞳は壊れた星の欠片……」

久雨はそっと呟く。新月は頷く。

「うん、そうだよ。そう思えばもうこわくないでしょう？　空に架かっている星は遠くて、もう何万年も前に消えてしまったんだよ」

エスプレッソカップを膝の上に置き、久雨は窓の外がぼんやり紅の紐を結び始めていることに気づいた。そして「ありがとう」と、ためらうように久雨はちいさな声でいった。

瞳に光が戻る。三日月のように淡い笑みを久雨は浮かべ、思う。このひと、私の記憶を消したのに、やさしいところもあるんだ。おかしいな。へんなの。私と違って大人だから？

けれど新月は久雨の白い靴を掌で包んだ。

「君の記憶が失われても、帰るべき場所に辿りつきますように」

呪いはまだ続いている。

3

white washという耳慣れない言葉が囁かれ出したのはいつからだろう？
　それは世界的規模の伝染病となり地球を覆うこととなった。人類すべてが罹患する可能性のある病だ。しかしwhite washという名称はあくまで仮称に過ぎない。何故なら罹患した者は政府によって速やかに隔離され、死に至っても、遺体にふれることも、そもそも臨終に立ち会うことも認められていないからだ。死者と近しい関係の者ですら、死んだ姿をみてはいけない。それは禁忌だった。政府から郵送で患者の死の報せが届き、ひとびとは自らが遺族となったことをしる。そして遺灰として渡された、なにも入っていない空箱を受け取るのだった。white washという言葉をしっていても、それがどんな病で、それに罹患した者がどうなったのかは誰もしらない。しかし不安は「噂」となって語られる。その病に罹患した者はwhite washという言葉通りに身体全体が白くなるという。肌も髪も睫毛も、瞳孔さえ。そして「アンデッド」という、「死なない身体」に変化する。それがどういう状態なのか、そもそもそんな疾病が、しかも伝播するとは事実なのか、それすらしらされていない。ただ「アンデッド」に変化した「遺体」は政府によって作られた施設で訓練を受け、戦争を行っている遠い国へ運ばれる。そこで戦死した兵士の遺体処理の仕事をしているという……。

――死なない身体になった奴らは死体を喰っているんだ……。

そんな囁き声が木魂した。しかし真相は誰にもわからない。ただ噂だけが街に広がってゆく。ひとびとは表面だけは平静な暮らしを続けている。だが不安は音もなく充満する濃霧のようにひとびとの生活を侵していった。

自らを呪力師と名乗る、新月とは誰だろう?

猿田彦の話を語り終わったあと、新月はしゃがみこんで久雨の白い靴を両手でそっと包んだ。

「記憶をなくして帰り道がわからないと困るから、君の靴に徴をつけておくね。僕が望む場所に辿りつきますように」
そして扉を開けて後ろ姿をみせる久雨に「また明日ね」と声をかけた。

架空の楽器を奏でるようにやさしい笑顔の新月を思い浮かべ、久雨は教室の窓際の席で晴れ渡った明るい空を眺めていた。記憶を失っても授業についていくことはできた。毎日の予習や復習もかかさない。教科書がぎっしり入った久雨の鞄(かばん)は重い。ふと白い袖に鉛筆で書かれたノートの文字が擦(こす)れて、汚れていることに気づき、そっと消しゴムで擦って元に戻す。

久雨は自分が身に纏(まと)っている服をじっとみた。服は全部母親の手縫いだった。母親は久雨に白い服を着せることを望んだ。白いシャツ。白いスカート。白いカーディガン。コートさえも白かった。

「おまじないよ」と久雨の母はいった。
「お母さんの大切なあなたが誰かに攫われないようにね」

気がつくとチャイムが鳴り、授業が終わっていた。久雨はノートを閉じた。生徒たちは立ち上がり、おしゃべりをしながら散り散りに校門を出てゆく。

梅雨入り間近なのに、陽射しの強い、暑い午後だった。新緑がきらきら光り、落ちてきた斑の模様が久雨を染めた。通りの向こう側、街をみおろすように建っている給水塔に薄く空気の輪ができている。ひどくだるかった。額から汗が滲み出て、Kという刺繡の入った白いハンカチで何度も汗を拭った。下腹部に鈍い痛みを感じた。夢のなかのように歩いても、歩いても、何処にも辿りつかなかった。

久雨は途方に暮れて立ち止まった。そのときだった。

「ね、あなた。これ、羽織って」

後ろから声がした。ふわりと薄いコートが久雨の身体を包んだ。久雨ははっとした。

「おうちはこの近く？」

振り向くと、栗色の髪を無造作に編んだ女のひとが困ったように目を細めて久雨をみていた。すらりと背が高く、均整のとれたしなやかな身体はモデルのようだ、と思いながらも久雨が黙っていると、女のひとはすっと久雨の手を取った。

「一緒に来て……」

断ることもできたのだが、久雨はその女のひとの手を振りほどかなかった。柔らかく温かい、見ず知らずのひとの手にすがりたいほど、彼女は孤独で不安に包まれていた。

「私は望（のぞみ）というの」

歩きながら女のひとはいった。久雨はうつむいて地面をみていた。その声が耳を通り過ぎていく。しかし久雨の白い靴は従うように女のひとの隣に足跡を残す。

女のひとの足が止まり、久雨は顔をあげた。そこは新月の店だった。女のひとは久雨を覗きこむように明るくいった。

「ここ、私の知り合いの店なの。ちょっと借りましょう。よかったら着替えたりした方がいいと思うの」

「どうして？」

望は上品なモーヴ色のリップを塗ったくちびるを、そっと久雨の耳許（みみもと）に近づけ、囁いた。

その言葉を聞くと、久雨は真っ赤になって両手で口許（くちもと）を覆った。望は励ますように久雨の背中に手を回した。

「だいじょうぶ。女の子なら誰にでもあることなんだから。私に任せて。なんでもないのよ」

望は店の扉を開けた。

「いらっしゃい……」といった新月が少し驚いてふたりをみつめた。望がいった。

「ごめんなさいね。悪いけど、お手洗い借りていいかしら。お店のじゃなくて、奥にあるあなたのプライベート用のお部屋をお願いしたいの」

真っ赤になってうつむいている久雨をちらっとみて新月はすぐに事態を察した。

店の奥にふたりを案内して、望に「店の外に準備中の札をかけておくから。急がなくていいよ」といった。

「ありがとう」

望は微笑むと久雨の背中をそっと押した。このひとと新月は友だちなのかしら、と頬の火照りを感じながら久雨は思った。奥の部屋の扉を開けるとそこはバスルームになっていた。洗面台とちいさな椅子、その奥にユニットバスのついたトイレが薄い壁を隔ててあった。望は大きな鞄を椅子に置いて、幾つかのものを取り出した。

「ちょうどよかった。今日、撮影の帰りなの。私、一応スタイリストみたいなことしているの。着替えもあるから、下着とそのスカートは脱いで。スカートは簡単にしみ抜きしておくから。下着の替えはこれね。だいじょうぶ、新品だから。私、いつも持ち歩いているの。心配性なの。でもなんだか変ね。なにが心配なのか、自分でもわからない。おかしいでしょう？」

いたずらっぽく笑いかける薄い色の瞳の弾ける光に久雨の緊張がほどけていく。望はハンカチに包んだちいさな四角いものを久雨に差し出す。

「それから、えっと……、これの使い方、わかるかしら？」

久雨は顔を赤らめながら頷いた。

「はい……。保健の授業で習ったから……」

「じゃあ、私は向こうでコーヒーでも飲んでいるわ。ひとりの方がいいでしょう？」

望が出ていくと、久雨は大きなため息をついて座り込んだ。

暫く放心していたが、久雨は望が置いていってくれたものを手に取った。記憶を失ったときに迎えた初めての出来事。女の子に生まれたら必ず訪れるこの出来事。でも私にとっては初めてのそのときに、あの女のひとがいてくれてよかった、と久雨は思う。

暫くすると、頃合いを見計らったかのように扉を叩く音がした。

「入ってもいい？」

ふわっとコーヒーの香りとくちなしの花の香りがした。新月と望、それぞれの香りだった。

「だいじょうぶ？　ちゃんとできた？」

「はい……」

「コーヒーでもいただきましょうよ。よかったら軽食も用意してあるみたいよ」

女のひとに促され、バスルームを出ると古いオーディオセットからピアノの調べが流れていることに久雨は気づく。サティの曲。静かな午後だ。

新月が立ち上がって、チェストから古いクッキーの缶を持ってきた。それを開けると河原に落ちているような鉱石が入っていた。

「きれいでしょ？　僕が集めたんだ」

確かに珍しい石が並んでいた。透明がかった青い水晶や、石英。名前のわからない赤い縞模様(しまもよう)の石もあった。

「口に含んで、舐(な)めてみて」

「え？」

「甘いよ」

　にこっと新月は笑う。その笑顔に誘(いざな)われるように久雨は石を手に取って、口にいれていた。まるで魔法にかかったようにそれは甘かった。

「ね？　気持ちも痛みも楽になったんじゃない？　この石のこと、内緒なんだけどね、ほんとうは」

　甘い鉱石を舐めていると、確かに下腹部に感じていた鈍い痛みがなくなっていた。

「こんな〈能力〉を手に入れたのは七歳になるかならないかのときなんだ」とふと思い出したように新月は自らの物語を語り出した。「久雨、僕はね、七歳まで名前がなかったんだ」と。それは意図せず長い物語となり、久雨の運命を変えてゆくこととなった。

　彼には、と新月は自分の物語の主人公を「彼」と称して語ることを選んだ。彼には名前がなかった、とでもいうように。

彼はいつ生まれたのか、その記憶もない、と新月のくちびるが動く。

朧気な自我が芽生え、ものごころついたころ、彼は彼と同様に名前を持たない複数の子どもたちと、大きな倉庫のような部屋で暮らしていた。

深い森を切り拓いた荒涼とした場所に建てられた閉鎖された施設。そこに彼はいた。彼は彼の周りにいる、いま思えばかなり歪んだ集団以外の人間をしらなかった。そこはあるカルト教団だった。後に新月という名前を与えられる少年はそこで生まれたのだ。

教団の施設で生を受けた子どもたちは両親はおろか家族という概念すら与えられずに育った。しかしどんなに閉鎖された共同体にも噂は風に乗る。決して口には出さなかったが、この施設の外に彼ら以外の人間がいることを、子どもたちは薄々気がついていた。そして外の人間は彼らの住む土地を忌み嫌っていたことも。まだ就学年齢に満たないそのころの少年の耳に聞こえてきたのは、「僕たちの住む土地は地元のひとから〈帰らずの森〉といわれている」、ということだった。ただ木々が深いだけでなく、その奥には底がないのではといわれる湿地のような深い沼があることも理由のひとつだった。そんな訳で教団はその土地を安く買い取り、自分たち専用の施設を建設することができたのだ。

繰り返しになるし、記憶にはないが、その特異な集団のなかで生まれたことは少年たち(勿論少女もいた)にもわかっていた。しかし子どもだけでは生きていくことはできない。彼らの世話をしてくれる中年の女性が幾人かいたが、彼女たちはひとり残らず子どもたちに冷たく、威嚇的ですらあり、愛情を与えることはなかった。父親というのは、御方さまと呼ばれる宗祖であると教えられたが、母親のことは話されることはなかった。

「御方さまのために祈りなさい」と彼女たちは子どもらに向かっていった。

「あなたたちがこの世界に誕生したのは偉大な御方さまのおちからです」

天井が高く、真冬は厳しい寒さに痺れる建物のなかには鉄柵の寂れたベッドが幾つも並び、子どもたちはそこで暮らしていた。毎朝、六時になるとけたたましいベルの音がスピーカーから鳴り響き、子どもたちは飛び起きる。ベッドを整え、列を作って顔を洗い、身支度を整え、世話係の中年女性の指示を待つ。子どもばかりだというのに、はしゃいだり、ぐずぐずしたりする子はいない。扉の内側に世話係の中年女性が立ち、分厚いファイルを手に子どもたちをじっとみつめている。子どもたちが予定通り、時刻通りにこの部屋を出るためにすべきことが、一覧表としてファイルに保管されている。少しでも遅れたものはファイルに書き込まれた番号にチェックをいれられる。子どもたちはそれを畏れている。チェックが一定数を超えると、きつい「お仕置き」が彼らを待っている。それはとてもおそろしいことだと、彼らはしっている。「お仕置き」に呼び出され、還ってきた子どもがひどくおびえて、表情は硬く閉ざされ、誰とも口をきかなくなるからだ。

「十七番」

世話係の中年女性が後に新月となる少年を呼ぶ。番号に意味はない。半年ごとにそれは変わる。子どもたちが入れ替わるからだ。番号を呼ばれて少年は身体を硬くする。女性が手招きすると少年はおずおずとそれに従った。他の子どもたちは目を伏せながら、それでも窺うように女性と少年をみている。

「食堂にいきなさい」と女性は好奇心を隠さない彼以外の子どもたちにいう。渋々と子どもたちは出ていく。廊下の水場から、滴り落ちる水の音が響く。女性はいう。

「二九番は聴力を失ったわ」

「はい」とだけ少年はいう。質問は許されていない。

「仕方ない。二九番には以前からそういう疾病があったから。でもね、十七番。あなたは二九番に作曲をさせていたでしょう」

少年は世話係の女性から視線を外す。木立の片隅、他の子どもたちの目を盗み彼と二九番は時折隠れた。秘密を持つことは禁じられていた。けれど少年と二九番は仲がよかった。少年は二九番が好きだった。彼の殆どみえない目は波立つことのない水のように透明だ。彼が思いついた言葉を呟くと、二九番と呼ばれていた難聴のために補聴器をつけていた少年はそれを手書きの楽譜に書き入れた。それは鮮やかな絵のようだ。少年たちは楽譜を手にして、顔をみあわせた。誇らしい気分で。

「二九番の聴力はもう殆どなかったのにね。まだ七歳に満たない二九番が楽譜を書くことができる、しかもそれを演奏してみるととてもうつくしい曲だったので私たちは最初、二九番に〈能力（ちから）〉があるのではないかと思ったの。だから二九番を御方さまの許（もと）に連れていった。でも二九番には〈能力〉はなかった。あの曲は、二九番の手を通して、あなたが書いたのではないか、という結論に達したの」

少年は項垂（うなだ）れて床に穿（うが）った小さな穴をじっとみている。彼はなにもしらなかった。自分が何処から生まれ、どうしてここにいるのか。それは彼を孤独にさせ、居心地を悪くさせた。間違った場所にいるような気持ちになった。でもなにが正解で、どうすれば、なにかから抜け出していいのか、わからない。彼にはなにも。なにもかも。

世話係の女性は強張(こわば)った表情のまま喋り続ける。

「二九番ではなく、十七番のあなたになにかがあるのかもしれない、と〈日知離(ひじり)〉たちはいっているの」

〈日知離〉。噂にきく名前。選ばれし者。それがどんな存在であるのか、まだ彼はしらなかった。けれど教団のなかで、宗祖の次に権力を持つ者だということはわかっていた。

彼は穴からちいさな虫が顔を出すのをじっとみつめ続ける。二九番はやさしい子だった。難聴の上に弱視で医療矯正用の眼鏡(めがね)をかけていたが、道の脇に光る木苺(きいちご)や茱萸(ぐみ)をめざとくみつけ、彼に分けてくれた。食事は硬いパンとキャベツと薄いベーコンのスープだけで、いつもおなかをすかせていた子どもにそれはごちそうだった。

「僕たちはママから生まれたんだよ」と教えてくれたのも二九番だった。

「ママ？　世話係のひとの誰かってこと？」

「ううん。あったかくて、いい匂いのするひとだよ」と二九番はいった。

「ママは何処にいるの?」ときくと、二九番は悲しそうに「きっともう逢えないよ」といった。「僕たちをこの世に送り出すとき、誰かがまちがえたんだ。僕たちが通るはずだった道はもうない。閉ざされてしまった。引き返せないんだ。仕方ないよ」

少年は二九番の厚い眼鏡の奥の薄い茶色の目を胸に描く。聴力を失ったという白い貝のような耳朶を思い出す。もう彼はいない。きっと二度と彼には逢えないだろう。

「あなたを御方さまに逢わせます」世話係の中年女性はいう。

「いいわね。あなたの〈能力〉を御方さまにおみせなさい。あなたの未来は御方さまに委ねられているのだから」

そして彼は宗祖の許に連れていかれることになった。

手を伸ばすと白い雪片がふれた。それはすぐとけた。冬の雨は身が凍えるほど冷たかった。その日のことを少年はいまでも憶えている。彼が「新月」となった日だからだ。世話係の中年女性の後ろについて、彼はぬかるんだ道を歩いていた。彼はいなくなった二九番のことを思う。二九番も御方さまのところにいった。そしてもう帰ってこない。
世話係の中年女性に呼ばれ、御方さまの許にいくことになった子どもは、こころに〈魂〉をいれる儀式をされる、という噂を彼は耳にしていた。そしてその部屋から帰った子どもは〈日知離〉と呼ばれる選ばれた年長の青年たちに訓練を受けることになり、他の子どもたちとは離れて暮らすようになることも。しかしそうではない子どもも少なからずいた。「帰らずの森」に消えたんだよ、と誰かがいった。それは子どもたちを脅えさせるには充分な言葉だった。「帰らずの森」の奥には底なし沼があるという。足を踏み入れたら最後、もう戻れない。暗い闇が待っているんだ、と。

世話係の中年女性は重い扉の前に少年を残して去っていった。少年は暫く扉の前で立ち尽くしていたが、仕方なく両手で扉を開け、靴を脱いでひとりで部屋に入っていった。古い木の床は裸足で歩くには身震いするほど冷たかった。彼からはとても遠い部屋の奥に、御方さま――後に宗祖と呼ばれていることがわかる――が背筋を伸ばして正座をして、御影石でできた机の前で墨を磨っていた。薄暗い空間に目を凝らして、少年は宗祖をみた。座っているから定かではないが、それほど身体は大きくなく、むしろとても痩せていた。頭の形は丸く、空に架かった球のようだ。部屋には暖房らしきものはないのに、そのひとは燕脂色の生地で仕立てた薄い着物一枚しか纏っていなかった。長い壁際に幾つもの水槽が並んでいた。水草があったり、ちいさな魚が泳いでいたり、小石だけが沈んでいたりと水槽はすこしずつ内容を変え、しかし静謐におなじような表情でそこに連なっていた。

宗祖が囁くほどの小さな声で彼の番号を呼んだ。彼は顔をあげた。不思議な気持ちが彼を浸した。御方さまとみなが呼ぶ、宗祖の声。それは身体を包むように心地よかった。白い桜の花びらを散らす春の穏やかな風のように。みたことのない海の浅瀬をたぐるように。少年はその声にこころが満たされるのを感じた。このことも後にわかるのだが、宗祖は視力が弱かった。その代わり、とてもいうように、耳が聡かった。誰かの吐息、謀略の囁き声、ほんのちょっとしたこころ変わりもすぐ宗祖の耳に入った。しかしそのとき少年は、宗祖の甘やかな声に自分の心臓の鼓動までが宗祖に伝わっている気持ちになった。少年は誘蛾灯にひきよせられる蛾のように宗祖の近くまで歩いていった。

板の間に直接座った宗祖の横にガラスの器があり、礫のような灰色の小石が幾つか入っていた。〈魂〉をいれる儀式がこれから行われるのだ、と少年は思った。あの石はそのための道具なんだ、と。

宗祖は暫くじっと少年をみつめていた。空虚な、なにも映さない瞳だった。やがて彼はガラスの器から礫を取り出すと少年にいった。

「口に含んでみなさい」

これが儀式なのか、と思いながら、少年は黙って礫を口にいれた。

「それは森の奥の沼の小石だ。甘いだろう」

沼の小石が甘い訳がない。しかしその柔らかな声に誘われるように舌の上の小石はキャンディに変わった。彼は驚いて舌の上で礫を転がした。雨の最初の一粒のようにいままでに味わったことのない豊かな甘みが口のなかいっぱいに広がった。

「甘いか？」

「はい」

宗祖は満足したように少年に手を伸ばす。頭の天辺(てっぺん)をそっとさする。肉の薄い、浅黒く指の長い細い手だ。それは暫く続く。宗祖は口のなかでなにかを呟いている。口のなかの礫はますます甘くなる。しかしそれは飴のようにとけることなく、反って肥大していくようにも感じる。

やがて掌を離すと、水のごとき囁き声で宗祖は彼にいう。

「私にその甘い石をくれないか」

「はい？」

「口から出して、私の掌に寄こしなさい」

少年は躊躇う。しかし思い切って口のなかの小石を取り出す。唾液できらきらと光るそれを受け取った宗祖は、頬の肉の削げた細面の薄いくちびるに礫を放り込んだ。小石をしゃぶる音が静謐な部屋に響く。そばに活けてある匂いのない赤い花が目の端に映る。

「確かに甘いな」

満足したように宗祖は少し微笑んだようにみえた。顔を歪めただけかもしれないが。

「沼のことはしっているか？」

唐突に宗祖はいった。

「沼？」と一瞬戸惑ってから、そうかあの森の沼か、と急いで「はい」と彼はこたえた。

「あの沼に沈んだら、と考えたことはあるか？」

彼は宗祖の言葉の怖ろしさに首を振った。宗祖はその包みこむような声で続ける。

「おまえの両手、両足を縛り、目隠しをして、男衆がおまえの身体を担いでボートに載せる。底なし沼にいくためだ。沼の中央、もう戻れない場所まで来て、おまえは沼に投げ込まれる。すぐには死なない。ただゆっくりと湿った土が身体を包む。とても冷たい。とても寒い。縛られた手足が凍える。でももう取り返しはつかない。やがて砂が口のなかに入ってくる。息ができない。呼吸をしようともがくと、余計に泥が口のなかに染みこんでくる。口のなかも、鼻のなかも泥でいっぱいになり、叫ぼうにも声は出ない。意識が遠くなる。けれどなかなか死はやって来ない。来るのは苦痛と恐怖と孤独だけだ。わかるな？」

そのためには砂に塗れた石の礫を甘いキャンディに変えること。〈能力〉が必要であることを、少年は悟った。そして自分がそれに合格したこともしった。

「おまえには名前がないな」

「はい」

「〈魂〉をいれよう」

宗祖は傍らに置かれたちいさな引き出しから、掌に入るほどの四角い金の塊を取り出した。小刀とやすりを使って金に文字を刻み入れる。

「おまえの名前だ」

金の塊には〈新月〉と刻んであった。

「生まれる以前の球、だ」と宗祖はいって、少年に金の塊を手渡した。

「今日からおまえは新月、だ。そして、〈日知離〉となる。その印を口にいれてみなさい」

新月という名前になった少年は黙って金の塊を口にいれる。やはり甘い。そんなはずはないのに。二九番がくれた小実の他、新月は殆ど甘い物を口にしたことがない。けれどひどく懐かしいその甘さは新月のこころを満たした。ないはずの過去が内側に芽生えた。宗祖が静かに謡いだした。まるで呪文を唱えるように厳かに。寒い部屋が急に暖かな春になった。口のなかから広がる甘さと、暖かさ。そして不思議なウタに新月の意識は薄れ、また戻り、謡う宗祖をぼんやりとみていた。

「このウタは神謡という」

ウタが終わると宗祖は新月に告げた。

「神謡をいつかおまえも謡うだろう。しかしこのウタは諸刃（もろは）の剣（つるぎ）だ。謡い方を間違えばおまえに死が訪れる」

新月は黙って頷いた。新月はもう子どもではなくなった。彼は〈日知離〉となったのだ。


「今日はここまでにしようか」

新月は上半身をゆらりと揺らして長い吐息を漏らした。夜が訪れていた。新月は店を出て、駐車場から車を出した。それは目立たない白いセダンだった。望が久雨を後部座席に誘った。久雨は躊躇ったが新月に促されるまま、席についた。新月はハンドルを握ると久雨が行き先を伝えないのに道を走り出した。戸惑う久雨に望が不意にいった。

「私のおじさんはね、ダブルダブルになってしまったの」

聞き慣れない望の言葉に久雨は首を傾げた。

「ダブルダブル？」

「この言葉は隠語、というかあるひとびとの間でしか使われなかった通称なんだけどね。

あなたが生まれるずっとずっと前に……」

「望」

運転席の新月が望の言葉をさえぎった。

「君と僕の物語がかさなりあうのはもう少し先だ。順番を間違うと久雨の呪いがとけなくなってしまう」

路傍(みちばた)の切石の上に小さな花が咲き香りを放つ。夏の始まりの短い夜の底を、車は軽いエンジン音とともに走っていった。

4

宗祖に認められ、彼が「新月」という名で呼ばれるようになってからも、特に状況は変わらなかった。彼はやはり自分の出自も、自分になにを期待されているのかもしらなかった。なにもわからないまま新月と子どもたちは就学年齢に達した。しかし教団で生まれた子どもたちは出生届を出されることはなかった。彼らの存在は教団のトップシークレットでもあった。他の活動はともかく、子どもたちの扱いは憲法にも刑法にも違反していた。

宗祖をはじめ、教団の幹部たちは子どもたちに教育を施す必要性を感じていなかった。子どもたちはこの小さな世界しかしらず、教団の金のかからない労働力となることを求められていた。子どもたちは読み書きや計算をはじめ、時計の読み方すら教えられなかった。笑うことや、泣くこと、年長者に向けて怒りを発することなども禁止された。違反した者は手酷(てひど)い折檻(せっかん)を受けた。しかし新月は特別扱いを受けた。学校にいく代わりに新月に誠慈(せいじ)という教育係がついた。彼は教団のなかで新月とおなじ〈日知離〉と呼ばれる特別な存在だった。誠慈は若く、聡明な青年だった。いつも穏やかな表情と仕種(しぐさ)で、新月に勉強を教えてくれた。その知識に新月は驚いた。

「誠慈さんは」と新月は尋(たず)ねた。「どうしてなんでもしっているの？」

「大学で教職課程をとったんだよ。学校の教師になるのが子どものころの夢だったんだ」

と誠慈青年はいった。大学、も、学校、もその意味を新月はしらなかった。ただ誠慈青年がいい教師であることはわかった。新月は教科書に記載されている平仮名、カタカナ、そしてすぐに幾つもの漢字を覚え、作文を書いた。足し算、かけ算、九九を覚え、分数もすぐ理解した。教団のなかで選ばれた子どもだけの学力テストが行われ、新月は一位になった。誠慈青年は宗祖からねぎらいに金の印をもらった。そこには「星(セイ)」と記してある。

「僕の名前が誠慈だからかな」

「君は期待の星だからさ」と誰かがいう。「教団は君を誇りに思っている」

新月と誠慈青年は教団でちょっとした有名人になった。新月は自分が頑張ることが誠慈青年をよろこばせると理解するようになった。宗祖にはあれから逢っていなかったが、彼がこの集団の中心であることを新月は理解していた。

新月は誠慈青年が好きだった。二九番を失ってから、初めてのことだ。特殊な環境に生まれ、親から与えられる無償の愛もしらず、こころがかじかんでいる新月に、誠慈青年はいつもやさしかった。成長したとはいえ、新月はまだ子どもに過ぎず、蜜の甘えを求める気持ちを捨てきれなかった。だから誠慈青年に金の印をもっともらってほしい、と新月は勉強に精を出した。そうすれば誠慈さんはきっと僕を大事に思ってくれるだろう。新月はそう考えたのだ。

教科書の他、教団には本がなかった。いや、厳密にいえば、ただ宗祖の書いた本だけがあり、教団に属する大人たちはみな、それを読むこととされていた。誠慈青年に気に入られたかった新月も宗祖の本を読んだ。そこには天地創造から宇宙の成り立ちまでが描かれていた。それは宗祖が輪廻転生のうちに自身が経験したことであるとされていた。

「ねえ、どうやって輪廻転生っていうことを行うの？」

新月は誠慈青年に尋ねた。

「謡うんだよ」と誠慈青年はいった。

「謡う？」

「そうだよ。そのウタは御方さましかしらないんだ。あのね、謡うことによって御方さまは死なない身体になったと言われている。厳密にいえば御方さまは幼いころ、一度死んだことがあるそうだ。そのとき、真っ白な身体に変化した。肌も髪も、そう瞳孔までも白くね。でも記憶をもったまま生まれ変わった。その状態をアンデッドというひともいる。アンデッドになると神様が降りてくるそうだ。御方さまは神に選ばれ、神謡という世界を統一することのできる譜を伝えられ、すべてのことを体験したんだ」

彼が「新月」という名前を与え、礫を甘い石に換えたときに謡っていた不思議な言葉の連なりが神謡と呼ばれ、宗祖に過去や未来をみせるのだ、と信者たちは信じていた。

何度目かの学力テストの結果、選ばれた子どもたちのなかでも最優秀と認定された新月は信者のごく一部にしか与えられない本を受け取ることになった。ローマ字で書かれた意味のとれない文字を指さし、不思議に思った彼は誠慈青年に尋ねた。

「これはなに？」

新月は無邪気に誠慈青年に尋ねているが、教団では子どもが大人に質問することも禁じられていた。

「それは宗祖さまのお言葉だよ」

誠慈青年はいつだって新月の質問にこたえてくれた。子どもに知識を与えるな、という教団の教えに彼はしらずしらずのうちに逆らっていた。そのことが後に彼を苦しめることになったのかもしれなかった。

「神謡の話はもうしたね。それを文字にしたものがそれだよ。そのお言葉が読めるのは〈日知離〉のなかでもごく限られた〈能力〉のある者だけだといわれているんだ」

「誠慈さんはこのお言葉が読めるの？」

「いや、残念だけど僕には読めない。勿論、ローマ字を追うことはできるけれど、その意味はわからない。僕に神謡を謡う〈能力〉はないんだ。読めたらどんなにいいだろうね。もし読むことができたらきっと多くのひとを救えるだろうね」

誠慈青年には理想があった。教団にいたすべての信者が、周囲から思われていたように奇妙な考えに取り憑かれていたのではない。一握りではあったが誠慈青年のような若者もいた。

学習を続けていくことで新月は新しい感情を抱えることとなった。将来を描けない場所にいることによる閉塞感と、多分そのころは意識していなかったが、激しい怒りだ。そのことは誰にもいえなかった。新月は孤独だった。

それでも時折新月は宗祖の本を手に、ひとりきりで施設から離れた森の入り口の切り株に座ることを覚えた。ぼんやりと辺りを眺める。新月が八歳になる前の、秋の始まりの暖かな午後のことだった。まだ木々は紅葉しておらず、落ちてくる葉も少なかった。暫くの間、新月は静かな気持ちで景色を眺めていた。新月の成績が優秀なことが伝わると、周囲のひとびとは彼の行動にあまり口を挟まなくなった。ひとりになることは禁じられていたが、新月は特別扱いを黙認されることになった。それまでずっと集団生活を余儀なくされていた彼は、ひとりの時間を持つことが、どれほど豊かな気持ちになるのかをしった。ひとりは寂しいけれど、ひとりの時間、自分だけの時間を彼は愛した。誰も僕を愛してくれないのなら、それでいい。僕も求めない。孤独を愛そう、と新月は思っていた。

　ひとりの時間、新月は退屈しのぎに神謡と呼ばれる言葉が書かれた本をぱらぱらと捲(めく)っていた。何度もページを眺めた。そのときだった。不意に彼の頭をなにかが掠(かす)めた。光のようなものが目の奥で瞬いた。それはいつか二九番と一緒に作った歌だった。彼の呟きを、二九番が楽譜に書いた。それがこの本に書かれた文字とよく似ていた。

　葉を散らすように鳴く小鳥の声が予言のように響いた。新月はふるえながらページを捲った。

　誠慈さんが読めないといっていたこの文字を僕は読むことができる。驚くほど容易に。まるで初めから僕に向けて書かれた手紙のように。

　彼はくちびるを開き、書かれた文字を音にする。それは自然とウタになった。

　爽やかな秋風と虫の声のなか、新月はゆっくりと辺りをみまわした。誰もいない。新月は肩のちからを抜く。

　宗祖しか謡えないはずの「神謡」を、僕は謡うことができる……。

周期的な記号が音になり、宙に浮かんで消えてゆく。しかしそれは危険なことだった。誰にも気づかれないようにしなければ、と新月は思った。たとえば二九番は何処に消えたのだろう？

そして自分が消されないという保証はなかった。

新月の成績のことが評判になって暫く経ったころだ。宗祖から新月をひとりで部屋に寄こすよう、伝言があった。

緊張に体を固くして新月が部屋にいくと、宗祖はあのときのように背筋を伸ばして机に向かい、筆を使って漢詩を書いていた。

新月の気配に気づくと、彼は壁の隅に置かれた四角い、なにかわからない奇妙な機械を指差した。

「これはエスプレッソマシンだ。底に引き出しがあるだろう。開けてごらん」

エスプレッソマシンを開ける？

新月は不審に思ったが、黙ってエスプレッソマシンにふれた。確かに底が二重になって、引き出しのように開けられる仕組みになっていた。いわれるままに開けて、思わずあっと声が出た。背後で宗祖が微笑むのが感じられた。

「どう思う？」

その声にこたえることもせず、新月は目を見張った。信じられない光景がそこにあった。

引き出しのなかはちいさな街だったのだ。

そこでは大勢のちいさなひとたちが生活していた。野菜や肉や魚を売る商店街。そこで買い物をするひとびと。のんびり行き過ぎる野良猫。その間隙を縫うように走る車。信号もきちんと明滅している。白墨で道路に絵を描く子どもたち。遠い場所にあるテレビ塔。郵便局や銀行。コンビニエンスストア。天空には小さな太陽も浮かんでいる。それらすべてがミニチュアサイズになって引き出しのなかに収まっていた。

「これは……、なにかのおもちゃですか」

ちからなく新月がいうと「ほんものの人間と、街だよ」、と宗祖はこたえる。新月は目の前が静かに暗くなっていくのを感じる。

「私は宇宙を持っているんだよ」

宗祖の声を遠くに感じながら、新月は引き出しのなかを忙しそうに歩き回るひとびとを、口を噤んだままじっと見入る。僕はいま、このちいさな箱のなかに閉じ込められたもうひとつの宇宙を壊すことができるんだ、と新月は思った。宗祖が背後で彼の震えを感じているのが伝わってきた。

神。

宗祖はほんものの神なのだろうか？

新月はエスプレッソマシンの引き出しをそっと閉めてから、その場に倒れ込み、意識を失った。

5

新月が営んでいるちいさな店はいつも閑散としていた。蔦の絡まる古い店は眩い陽射しの下、コーヒーの芳ばしい匂いにひっそりと包まれている。新月が望のために淹れたそのコーヒーを彼女は口許に寄せた。新月は望からコーヒー代を受け取ることはしない。彼女は新月の経済を潤してくれる彼にとって重要なひとだった。彼は店のなかから望の気に入りそうなものを探す。銀のペーパーウエイト。ドイツ製の古いガラスの薬瓶。新月が削った小鳥の模型。そして最後にプリントアウトした原稿と、USBメモリ。

ゆっくりとコーヒーを飲みながら望は原稿に目を通す。

「USBには写真も何点か入っているよ。素人写真で申し訳ないけども」と新月はいう。

望は顔をあげる。

「たすかるわ。いろいろとありがとう」

彫刻刀ですっとひいたような二重の涼しげな目を望はゆっくりと細めた。まるで空に架かる虹のような笑みだ、と新月は思う。

「お礼をいいたいのは僕の方だよ」と新月はいう。

「君がいなきゃ、この店の家賃も払えない。いろいろ仕事を回してくれて、たすかってるよ。ありがとう」

望の本業はウェブ関係の商品を扱うスタイリストだった。ただ彼女は器用で人当たりもいいため、様々な人脈を持って副業も幾つかこなしていた。新月の店から撮影用の小物を借りる他に、彼に短い文章を書く仕事を依頼したり、それに添える写真の仕事も回してくれた。ときには翻訳の下訳の仕事もあった。リアル店舗が少なくなり、ひとびとがネットで商品を買うことが増えてからも、それなりに商品を魅力的にみせることは必要だった。ひとびとが買い物に夢を持つことが少なくなったとはいえ、やはりなんらかの楽しみや幻想を提供しなければ、商品を売ることはできない。消費というものから一切離れて暮らしていた彼がそのための職業に携わることになったのは、不思議なことでもあった。

「夏が来るわね」

白いコーヒーカップソーサーの上に躍る光の輪をみながら望はいった。

「ちいさなころ、おじさんがお祭りに連れていってくれたことがあるの」

望は窓の向こうの遠い空を仰ぎみた。

「あれも夏の日。ほどけないようにとおじさんは大きな手でしっかりと、私のちいさな指を握ってくれた。そして私の歩く速度に合わせて、ゆっくりと淡い闇のなかを歩いてくれた。星をよけてね。目を閉じるといまでもおじさんがすぐそばにいるような気持ちになる。おじさんといっても、きっと年齢はいまの私とおなじくらいね。大きくて甘いりんごあめを買ってもらった。お囃子の音を聞きながら、ひとの波のなかを歩いた。おじさんはアセチレンの光の先の星を指で辿って星座の名前を私に教えてくれた。おじさんはなんでもしっていて私の憧れだった。やさしくて、頭がよくて、おしゃれで」

それは望のことでもあった。染めているのではなく薄い茶色の、ウェーヴのかかったふんわりした髪は顎の線に沿って揺れていた。日本人にはあまり似合わない淡いラベンダー色のワンピースを薄い身体にさらりと着こなしていた。それより少し濃い色のショールをアクセサリー代わりに軽く首に巻いている。

　教団ではおしゃれどころか、私服も許されていなかった。何処かの国の囚人服のような、飾りのない燕脂色の上下の服を男女問わず着ていた。子どももだ。それでも誠慈さんはおしゃれだったな、と新月は懐かしい気持ちで思い起こす。袖口のちょっとした捲り方。首許の釦（ぼたん）の少しずらした留め方。そしてなにより仕種が優雅だったな、と。洗練された教養と、他者に対する温かさ。それは資質でもあり、注がれた愛情の証（あかし）でもあった。新月には得ることができない種類のものだった。

　新月の教育係であった誠慈青年が教団に隠れて日記をつけていたことを新月はしっていた。ある日新月が誠慈青年に授業を受けていたとき、宿題の採点を終えたノートを新月は受け取って中身を開いた。それは間違って手渡された誠慈青年のノートだった。新月がそれと気づかずに開くと、そこには誠慈青年の細かな字がびっしりと詰まっていた。

「誠慈さん、これはなんですか？」

　新月の問いに誠慈青年ははっとしたが、そっと新月からノートを受け取ると、「君にだけ教えるね。僕は日記をつけているんだ」とはにかむようにいった。

「日記ってなんですか」と新月が尋ねると、「今日あったことや感じたこと、みたことや聞いたことを書いておくんだ。忘れてしまわないようにね」と誠慈青年がこたえてくれた。

そのことは危険なことだと新月はすぐに察した。宗祖以外に意思を持つことは、教団のなかで最も禁じられていたことのひとつだったからだ。それを打ち明けてくれた誠慈青年を、新月はうれしく思った。秘密はひとりで持つと寂しいが、ふたりなら、温かい。二九番と作った楽譜を思い出した。

新月は指先で前髪をなおすふりをしてうつむく。長く伸ばしているのは表情を隠したいからだ。望はそっと目を伏せると、きらきら光る自分の爪をみつめた。長い睫毛が頬に影を落とす。

「私が……そうね、四歳になるかならないかのとき、おじさんが髪にリボンを結んでくれた。あのころ私の髪は長かった。母が不在で、ひとりで飼っていた子犬と遊んでいたときにリボンがほどけてしまったの。玄関が開いて、おじさんが顔を出した。靴を脱いで私の許に来ると、細い指でそっとリボンを結（ゆ）った。おじさん、リボン結ぶの、上手なのね、というと、薄く笑って、望ちゃんの髪は星の光の糸みたいだね、といってくれた。私は玄関に置かれたトランクをみつけて、おじさん、何処かいくの、ときいた。うん、少し旅に出るんだ、とおじさんはいった。いいなあ、海があるところ？　ときくと、深い森だよ、とおじさんはいった。おじさんの目は透明で、みつめていると何故か悲しくなった。いかないで、といえばよかった。繰り返し、繰り返し、寄せては返す波の音のようにいまでも耳に響くの。だってあれがおじさんをみた最後になったから。でもそのときの私は笑って手を振った。楽しんできてね、と。すぐにまた逢えると思っていたから」

望の髪にもうリボンは似合わない。少女だったころの望はもういない。

望は立ち上がりコーヒーカップを自ら洗った。新月は冷蔵庫からミネラルウォーターを手に取り、彼女に渡した。望は胃が弱く、あまり刺激の強い飲み物は苦手だった。

「無理して僕のコーヒーを飲まなくてもいいよ」と新月は何度もいったが、望は「あなたのコーヒーは好きなの。何処か懐かしい気持ちになれるから」と彼のコーヒーを求めた。

「なんでもすぐに忘れてしまう……。だから時々、思い出しておきたいの」

新月が用意した品物と空になったミネラルウォーターのボトルを望は鞄にいれる。

「ごちそうさま。また連絡するわ」

望が扉に足を向けかけたとき、新月はぽつりといった。

「もうすぐ宗祖たちの刑が執行される」

望は横顔だけを新月に向けた。

「彼らが〈猿田彦テロ事件〉を起こして逮捕勾留されたことは君もしっているよね？　裁判で彼らに重い刑罰がいい渡された。教団は解散させられた。でも弁護士にも彼らの信者がいるらしい。逮捕を免れた元信者たちが地下でまだ活動を続けている。極秘にね。彼らはなにかを企んでいる。それはとても危険なことのような予感がするんだ」

そこまでいって新月は口を噤んだ。望が久雨について尋ねたい気持ちがあることをしっていた。新月のことをよくしっている望だが、彼女もしらない秘密が新月にはあった。それは彼と久雨の過去だ。

沈黙を続ける彼に、黄金色に澄んだ琥珀のように光る目で望はいった。

「死んでほしくない」

身近なひとの死を経験している彼女の声は悲しげだった。

「もう誰にも死んでほしくない。あなたはまだ死に近い。夢に囚われているから」

きれいに磨かれた床に映るラベンダー色のワンピースの裾を彼はじっとみつめる。彼が畏れていた森の奥の沼がそこにみえる気がした。それを打ち消すように彼は顔をあげた。

「だいじょうぶ。僕は死んだりしないよ」

その言葉が宙に浮いた。新月も望も口を閉ざした。沈黙がなにかをふたりに語りかけた。その意味をふたりとも取りあぐねていた。新月は窓を開けた。淀み、膿みかけていく空気を逃がすように。精一杯の笑顔を作って新月は望に話しかけた。

「ねえ僕らいつか月に住もうよ。なにもかも終わったらさ」

「月？」

「そう、砂の城を作ったり、青い地球を眺めたり。エスプレッソマシンで淹れたコーヒーを飲みながら静かに暮らそう」

暫くの間望は新月をみつめていたが、「そう。素敵ね。きっとそうしましょうね」とドアノブに手を掛けた。

「月から地球の最後の日を見守りましょう」

ちりん、とドアの鈴が鳴った。彼女は扉の向こう側に消えた。新月と望は双子のようにお互いを思っていたが、ふれあうことはせず、けれどさよならとはいわずに別れるのだった。

教団のなかで特別に新月が教育を受けていたときのことは前回話した。ある日のことだ。誠慈青年は理科の実習のため植物採集をすることを教団に願い出た。図鑑だけではなく、誠慈青年は新月にほんものの植物や、鉱石をみせたかった。既にいったとおり、新月は優秀だったので簡単にOKがでた。教団は将来新月を科学者に仕立て、教団のために働いてほしいと考えていた。他の子どもたちには無学で、ただの労働者となることを希望していたが、将来幹部になるであろう新月に教育を施すことは重要であるという結論を出していた。

そんな経緯のあとの午後のある日、ふたりはピンセットや籠を持って施設の外を歩いていた。木々の向こうから給水塔が彼らをみおろしていた。新月はいつもその形に何故か畏敬のような念を覚える。宗祖の持つ、あのエスプレッソマシンに似ているせいかもしれない。新月は給水塔のなかにもちいさな街があり、ひとびとが日々の営みを密かに繰り返している夢想に囚われていた。

そのときだ。給水塔の上から誠慈青年を呼ぶ声がした。誠慈青年は空を仰ぎみて、返事を返した。

「水（すい）」

迷彩模様の作業着を着た青年が給水塔の上から降りてきた。ひょろりとした、骨張った身体を小刻みに揺らしている。長めの髪をアッシュグレイに染めていた。新月はずっと教団にいたので、こんな髪の色をみるのは初めてだった。新月が不思議そうにじっとみつめていたせいだろう、水と呼ばれた青年が新月にいった。

「あんたが新月って子？〈日知離〉なんだってね」

唐突に核心的な部分にふれられて、新月は身体をびくりとふるわせ、その場に固定されたように動けなくなる。誠慈青年が新月の肩にやさしくふれる。

「水。新月はまだ子どもなんだから言い方に気をつけてよ」

「ああ、そう？　悪いね」

その口調には悪びれたところもなく、彼は白い歯をみせて笑った。誠慈青年は新月を励ますようにやさしく告げる。

「あのね、このひとは水。水は僕とおなじ大学出身で、僕の古い友だちなんだよ。口は悪いけど、いいやつなんだ」

新月は身体が宙に浮いたような気分で、薄く開いた目に複雑な迷彩模様の服を着た水という人物を映す。〈日知離〉、という言葉をしっているからには、水というひとはこの教団のひとなんだろうか。

「新月、このひとはね、ここでは水道屋とも呼ばれている」

「水道屋？」

新月は誠慈青年が水道屋と呼んだひとを不思議な気持ちでみあげた。教団では自由な服装や髪型は禁止されている。実際、そのとき新月と誠慈青年は揃いの燕脂色の服を着ていた。

誠慈青年は水道屋を振り返って、尋ねた。

「今日は？　給水塔のメンテナンスに来たの？」

「ああ、そう。定期的にしないとね。地面の土も少し持ち帰って微生物の検査もあるし、それに、そろそろ農作の時期も近いし、さ」

「農作？」

思わず新月は言葉を漏らした。水道屋は新月を振り返ってみおろすように眺めた。彼はじゃらじゃらと音のする、新月には用途のわからない道具を腰のベルトにたくさんつけていた。

初対面にもかかわらず、水道屋は人懐こい笑顔をまた新月に向けた。

「そうだよ、ちいさい〈日知離〉くん、もうすぐ田植えが始まるだろ。下の土地での主要な財源は農作だからさ。稲や、豆や、芋や、野菜といったたくさんの種を蒔くだろう？　そのときに農薬も散布する。それがここの給水塔や水脈に混じったらたいへんだということはわかる？　農薬は猛毒でもあるからね。誠慈がいったようにおれは水道屋なんだ。この教団の水の安全はおれが管理しているんだよ」

そのころの新月には疫学や水理学の知識なんて一欠片もなかった。ただ何処か放蕩な雰囲気を持った水道屋と名乗る彼のことを、いままで教団にいた大勢のひととは違うと新月は感じていた。それは外の世界の匂いだった。

水道屋がこのちいさな教団の施設と、外の、彼の勤める水道局が管理する貯水池の研究室とを、自分の意思で自由に行き来していたことを新月はあとでしった。水道屋もある種の特権階級だった。

誠慈青年と水道屋は暫く小声で話をしていた。新月は地面をみた。昨日降った雨が地面を泥濘(ぬかる)ませていた。水道屋は誠慈青年から目を逸らすと、慎重にちいさなスプーンで土を掬(すく)って瓶に詰めて、固く栓をした。

「研究室に戻ってこの土の水質検査をしなきゃな。結果がでたら御方さまにも逢いにいくから、ちいさい〈日知離〉さまも一緒にいこう、な？」

子どものように目を細めるその笑顔は新月のこころを温かくさせた。そんな気持ちは宗祖のあの声でしか味わったことがなかった。この不思議な水道屋とは、誠慈青年とはまた違った関係を新月は後に結ぶことになる。

6

万波神名（まんなみかむな）の最初の記憶は水だ。目を閉じるといまも水道の蛇口が瑕（きず）のごとく映る。銀色のそれに向かって、懸命に手を伸ばしている自分の幼い指もみえる。窓には段ボールが貼られ、部屋は薄暗い。水。水が飲みたい。部屋のなかは暖かいというよりむしろ暑いほどだ。脇の下や首筋に汗が滲みだす。冷たい水を最後に飲んだのはいつだろう。氷の入った青いガラスのコップ。いま、コップは割れて床に破片が散らばっている。蛇口をひねれば水が出てくることはわかっている。けれどどうしても届かない。自分はまだ幼い。ちいさなシンクの上に聳える蛇口に彼の手は届かない。水。水がほしい。喉が渇いた。もう何日もなにも口にしていない。空腹は限度を超えて、もう感じない。ただ、水が飲みたい。その言葉を胸の奥で何度も繰り返していた。

「万波くん、ここの音はどう思う?」

水道屋の声に万波ははっと顔をあげる。そこは都会の住宅街の夜道で、雲のない夜空が広がっている。彼は仕事の最中に物思いに沈んでいたことを恥じるように空を仰ぐ。彼の頭上には月がひとつ浮かんでいる。彼はもう子どもではない。手足は伸び、学校も卒業し、施設を出て水道局の制服に身を包んでいる。なんであんな昔のことが頭に浮かんだんだろう。彼はくちびるを嚙む。その仕種にわざと気がつかない振りをして、様々な形の家が並ぶ敷石道(しきいしみち)にしゃがみ込んだ水道屋が、水道管破損検査専用の細い筒の棒を指先でくるりと回し、万波に差し出した。

「聞いてみて」

聴診器のような器具がついている筒の棒を水道屋から万波は受け取る。その先端につけられたイヤーピースを注意深く耳に差し込む。息をとめ、耳を澄ます。地下深くの水道管に水が流れる音が万波の耳に届く。彼は目を閉じて慎重にその音を数分かけて聞き取る。耳に差し込んだイヤーピースを取り、彼はいう。

「自分の感じではここの水道管に亀裂等の異常はないと思います。たぶん、ですが」

自分はまだこの業務に就いたばかりなので、という言葉を彼は飲み込む。水道屋は背の高い万波を下からみあげるように仰ぎみる。

「二丁目と比べて、どうかな？」

「そうですね……」

彼は神妙な表情で先程通った道と、自分の足許の敷石道を踏み締める靴の感触を確かめ、思い比べる。

「こちらの水道管は道に敷石が貼ってあるせいか、二丁目の水道管とは違って少し音が遠いです。でも水が澱んだり、何処かにぶつかったり、という感じはしません。むしろ先程の二丁目の水道管にやや劣化があるかもしれません。まだ取り替えや修理が必要ではないですが、経過観察を続ける必要を感じます」

「ふうん……」

水道屋は感心したように、浅黒く陽灼(ひや)けし、引き締まった顔つきの万波をみつめる。

「君は……、万波くん……、だっけ？」

「はい。万波神名です」

「万波くんは、幾つになるの」

「はい？　え、二五になります」

「水道局に入って、何年になるの？」

「七年です」

「この業務に就いたのは？」

「この春からです」

「そうか。万波くんはなかなか筋がいいね。この水道管の音を聞いて破損のあるなしを確かめる仕事はできるひととそうでないひとがはっきりしているからね。長くやっていればできるという訳でもないんだ」

　このやり取りのように万波は水道局に勤めて七年が経ち、この春から部署が変わった。いままでは事務方の仕事をしていたのだが、こうして水道管に破損などの異常がないかを点検する仕事に就いたのである。東京都の水道管は古く、劣化しているものもある。なにかのはずみで、水道管が破損してはたいへんなことになる。そのための検査は人通りの途絶えた夜間にふたり一組で行われる。今日の当番は水道屋と呼ばれるサングラスをかけた髪の色の明るい青年と、万波だった。彼らは地面へ聴診器のついた細長い筒の棒のようなものをあてて、それとつながったイヤーピースに届く、水道管のなかを流れる水音を聞く。そしてその水道管に異常がないか、判断する。難しいし、確実さを求められる大事な仕事だ。万波は新しい職場で先輩となった水道屋から細かな手順を教わっている。

水道屋は万波から器具を受け取り、確認するように、その特殊な仕組みの棒の一番手前に備え付けてあるイヤーピースをもう一度耳に差し込む。万波はそんな水道屋の仕事をつぶさに観察している。水道屋のいうように、この仕事は誰もができる訳でもなかった。繰り返し研修を受け、どれだけ経験を重ねても、音の判別のできない者や、そもそも水の流れを聞き取れない者もいた。しかし水道屋はこの仕事に長けていた。水道屋、とみなから呼ばれるのもそれ故のことである。

「万波くんはどうして水道局に入ったの」

それは水道屋にとってただの呟きのひとつに過ぎない質問だった。しかし万波のこたえは彼の意表を突いた。

「水道の蛇口をひねることができなくて、その結果弟がふたり死んだからです」

夏の初めの透明な夜だった。銀杏(いちょう)の木は枝を伸ばし瑞々(みずみず)しい葉を規則的な音を立てて揺らしていた。闇の奥に咽(む)せるほどの緑の匂いが夜道に漂(ただよ)っている。

「それはいつのこと？」

水道屋の声は低く、澄んでいた。万波は素直にこたえる。

「自分の最初の記憶ですからかなり幼い時分です」

「そうか、悪かったね」

「いえ、別に。もう乗り越えたことですし。ただ、やっぱり蛇口をみるたびにその光景がフラッシュバックして、だったらどうしても蛇口や水道に必ずふれなくてはいけない仕事に就こうと思ったんです」

「なるほどね」

水道屋は地面の音を聞く作業を続けながら万波に質問を続ける。

「万波くん。出身は？」

「沖縄です。でも自分、施設で育ったので、ずいぶんあちこち移動しましたが」

「沖縄の海や基地の記憶でなく、水道の蛇口が万波くんに刻まれているんだね」

「そうですね。幼い自分には蛇口が奇妙な形にみえましたし、そもそもそこから水が出てくることが自分には不思議でした」

「確かにね。水道から出てくる水が空から降ってくる水だと思うと、それはそれで不思議だしねえ。我々は雨水をいかに濾過して、その過程で様々な工夫を凝らして、安全できれいな水を家庭や工場や多くの施設に届けるかを仕事にしているけれど、万波くんにとっては蛇口から迸る水は生命の源でもあるのか」

「はい」

大袈裟な水道屋の言葉にも万波は静かに頷く。

「詮索するつもりはないけれど、もしよかったら聞かせてくれる？　万波くんの生い立ちをさ。それとも話すのはいやかな？」

「別にいやじゃありません。楽しい話でも悲しい話でもないです。でもいずれにしろ誰かの口から耳に入ることになると思うので、いま話した方が楽です。その、手間が省けるというか……」

「誤解や話の行き違いも起こらない」

水道屋の言葉に万波は思わず口許をほどいた。笑顔は少しだけ彼を幼く崩した。

「自分の名前は神名（かむな）です。神の名前と書きます。弟のひとりは最澄（さいと）、もうひとりは聖徳（きよのり）です。自分の子どもにこんな名前つける母親ってどう思いますか？　別に自分の母親、なにかの信仰があるとか、信心していることとか、なにもないです。でもどういう訳か神様に似た名前を自分たち兄弟につけました。自分は母が十七歳のときの子どもです。自分を妊娠したので、高校は中退したそうです。父親が誰かはしりません。後からしりましたが、弟ふたり、どちらとも父親は違うそうです。でも母親のことはそれほど詳しくないです。もうずいぶん逢ってないし、何処でなにをしているかもしりません」

住宅街は思いがけない静けさに満ちていた。塀の向こうに確かにひとはいるのだが、夜道には風の音しか聞こえない。水道屋は風が運んできた足許の灰色の砂粒を靴で隅に寄せる。そしてこころで呟く。

我々には、神様がいる。宗祖、とみなが呼ぶ神が。

水道屋は神を信じてはいなかったが、その宗祖と呼ばれる男に興味を抱いてその集団に仮に所属していた。宗祖と呼ばれる男は水を操ることができるのではないか、というのが水道屋がその人物に対して感じている事柄だった。

水道屋の沈黙に万波は自分の話の行方を待っているものと誤解して、もう一度口を開いた。

「話がずれましたね。自分の最初の記憶に戻ります。そのときの自分は多分四歳か五歳くらいだと思います。ひどく喉が渇いていました。薄暗い狭い部屋に自分と弟ふたりがいました。鍵のかかったドアにも手が届かず、外に出ることはできません。窓も塞がれていました。後から聞かされたことですが、それは秋のころだったそうです。まだ寒くはなく、むしろ閉じられた部屋は兄弟三人の発する体温で暑いほどでした。家にいたのは自分たちだけです。母親がそのとき何処にいっていたかはわかりませんでした。子どもだけで、たぶんそこに十日間はいたと思います。食べるものも、飲むものもありませんでした。空腹の感覚はとっくに失せていました。部屋にはいやなにおいがこもっていた。吐瀉物や汚物や、汗のにおいや、人間が腐っていくにおいです。まだ赤ん坊だった聖徳が一番最初に息絶えました。粉ミルクの缶がありましたが、お湯どころかそもそも水がないので、ミルクを作ることもできませんでした。それまで激しく泣いていたため、目の周りを赤黒く染めたまま死んだ聖徳を、もうなだめても仕方ないのに抱きかかえ、この子何日生きたんだろう、と思ったことを憶えています。多分三ヶ月くらいです。もうすぐ二歳になる最澄も、うずくまったまま死にかけていました。最澄は自分と違って真っ直ぐな茶色の髪なのですが、その髪が汗で顔に張りついて縮んでいました。くちびるに手を翳してもほとんど呼吸は感じられなかった。狭い部屋にベビーサークルが張り巡らされていたので、そのなかのクッションや毛布をかきあつめて聖徳を寝かせました。長い時間が経ちました。けれど扉は開かない。母親は帰ってきません。ひりひりするほど喉が渇いていました。栄養が不足していたので、そのころの自分は年齢の割にはかなり小さかったそうです。水道の蛇口に手が届かなかったのもそのせいでしょう。いまではこんなに背が高くなったのは皮肉ですね。その小さかった自分にも、あの銀色の奇妙な形のものをキュッとひねると水が出る、それはわかっていました。母親がそうするのをみていたからです。でもおかしいですね、いまでも母親の顔を巧く思い描けないんです。そのときもそうでした。どんどん視界が霞んでいくのを感じていました。頭のなかを流れる血の音が響いていました。そこから記憶が飛んでいます。たぶん意識を失ったんでしょう。記憶を再び始めたのはそれからずいぶん経った、幾つかな、えーと施設にいってからです。母とは逢っていません。幼い子どもを部屋に閉じ込めたまま、失踪した母は後日逮捕されたそうですが、元々母は知的に軽度の障碍（しょうがい）があり、かつ本人も親族から虐待を受けていたということで——自分たちの父親が誰か、ということも理由になったらしいですが——、情状を鑑（かんが）み裁判を受けることなく医療機関に送られた、とずいぶん大人になってから保護司の先生に教えてもらいました」

表情を変えることなく、淡々と万波は語った。場所は水道局の詰所（つめしょ）に代わっていた。おなじく語られる万波の年齢も変化した。彼の話した通り、万波は施設に収容され、そこで生活することになった。学校にも通い始めた。

「でも周りからは変わり者だと思われ、距離を置かれていました」

彼の前にはグラスに注いだ水が置かれていた。水道屋は缶コーヒーを飲んでいたが、万波はコンビニエンスストアで買ったミネラルウォーターをわざわざコップに注いで、電灯に翳して不純物がないか確認した後、くちびるをつけた。

「君は特に変わってないと思うけどね。むしろ他のひとより優秀だと思うよ」

「自分、くせ、というか少し奇妙なことをしてしまうんです。水がほしい、と強く願った幼少期の記憶がおかしな行動に結びついてしまったんです。自分は雨が降るたびに施設の部屋や教室を飛び出し、ぐしょ濡れになりながら天をみあげて大きく口を開いて、雨水をごくごく飲んでしまって……。当然周りから引かれますし、自分でも何故こんなことをしているのかな、とは思うんですけれど、なんだか発作みたいになってしまって。でもあるときから、収まったんです」

「カウンセリングとかを受けた？」

「いえ……。施設を転々としていて、ある地方にいたときです。大雨がそこを襲いました。いわゆる線状降水帯(せんじょうこうすいたい)ってやつです。近くに大きな川があって、その地方一帯が浸水被害に遭(あ)ったんです。自分のいた施設も浸水して、みるみる胸まで水が上がってきて、それでようやく水が怖くなったんです」

「多すぎる水と少なすぎる水。人類は長い間それに悩まされてきた。それ故に信仰が生まれたのかもしれないよ。自然は制御できないものだから」

「そうですね」

「万波くんの話は興味深いよ。僕は君に同情しているんじゃない。誰もがなにかを抱えているしね。そのこころのつまずきや、思いがけず抱えてしまった重さに途方に暮れ、人類は信仰とともに歴史を歩んできたともいえる。信仰は人類のこころに寄り添うこともあるけれど、争いや諍い、ジェノサイドさえも引き起こす。そうだね？」

そこはもう水道局の詰所ではない。水道屋は雨の商店街を歩いていた。それは梅雨にはまだ早く、雨の滴は街路樹の緑をきらきらと青く染めていた。季節はまだまっさらで、手をつけていない一冊のノートを思い起こさせる。そこに描かれる物語の素材を探す作家のように水道屋はある店を目指している。商店街の端にあるちいさく古ぼけたカフェだ。腰壁を黒く塗り、上辺は白いペンキを塗られたそのカフェの窓から、気づかれないように気配を消して水道屋はなかをそっと覗きこむ。そこには背の高い青年と白い服を着た少女がいる。

「君の記憶は確かに消したよ。これが僕の呪力師としての〈能力〉なんだ」と青年がいう。

少女は青年をぼんやりした表情でみあげている。たぶん意味が取れないのだろう。久雨、まだ君は幼い。傷をつけられていないよ、と呟くと水道屋は足音を立てずに窓辺からそっと飛び立つ。その瞳は青い。

7

「私の両親は突然発生したwhite washという特殊なウィルスがもたらす病気で亡くなったの。私がまだアメリカのハイスクールにいたときのことよ」

「ホワイトウォッシュ?」

「そう、ダブルダブルとも呼ばれていた」

そういって愁い(うれい)のある顔をうつむかせ、彼女は睫毛を伏せた。その当時、まだ少年ともいえない幼い新月に対し彼女はかなり年上だった。

そのひとが新月にその話をしてくれたのは、夏の夜の浅い川縁り(かわべり)を歩いているときだった。空には明るい月が輝いていた。

施設内とはいえ、夜、自由に外を歩けるのは教団でかなり高い地位にある者にしか許されない特権のひとつだった。彼女は教団で、〈妃姫〉と呼ばれる、宗祖の側近のひとりだった。彼女は新月に英語を教えるために彼の許に現れた。新月は聡明であり、彼女は新月を気に入っていた。そして時々夜の散歩に連れ出してくれた。そのときの話だ。

「人類にとって月を歩くことが夢だった遠い時代に父と母は日本から旅立った。そしてアメリカの地で運命的に出逢い、私が生まれた。両親と私は日本人だったけれど私たちはずっとアメリカで暮らしていた。父はニューヨークで証券会社に勤めていた。母は弁護士だった。国籍は日本のままだったけれど、私は自分のことをアメリカ人だと認識していたし、周りの扱いもそうだったと思う。あるときまではね」

彼女の名前はユリ。アメリカでも日本でも通じるようにと願う両親からつけられた名前だった。

彼女がハイスクールに入学した秋の始まりの朝のことだった。家の玄関を出たとき、薄紅色の鳥が前庭で地面をつついているのを彼女は目に留めた。見慣れない鳥だった。緑の目が鋭く光っていた。鳥は暫く彼女の前にいたが、意を決したように青い空を切り裂き、彼方に飛び去っていった。その姿がどうしてか彼女の脳裏に刻まれ、離れなかった。すると数日後、彼女の家の車寄せに薄紅色の鳥の死骸が落ちていた。彼女は思わず鳥の死骸を手に取った。おなじ鳥だとは思わなかったが、不吉な予感を覚えた。

「それが始まりだったの」と彼女は川沿いの小石をつま先で軽く蹴った。その仕種さえうすみどりの幻影のようだった。

いつからだろう。ユリは周りのひとびとがみんなおなじ話をしていることに気づいた。さわさわ、さわさわ、と草の葉の音色が風に乗ってユリの指先に伝わる。

感染。

疫病。

不治。

死に至る、病。

パンデミック。

教室からも、ラジオからも、ちいさな声でニュースが語られる。

噂。

みえない糸を手繰るようにユリは耳を澄ました。

まだ公表されていないけれど、未知のウィルスに少なくないひとびとが侵されているらしいことをユリは聞きつけた。それはいままでにない、新しいウィルス、新しい生命体だった。

「なにが新しいの？」

「そのウィルスは宿主を選ぶらしいよ」

囁きは時折友人との会話に入り込んだが、その輪はすぐにほどかれた。

なにもかも憶測に過ぎなかった。具体的なことはなにもわからない。フェイクニュースかもしれない。ちいさな声はそのせいだとも。けれど街のなかの小規模医院の窓口は閉鎖された。救急搬送されてもどのERも受け付けない、ときいた。ウィルスに感染した患者は劇症化し、数日、あるいは数時間で死に至るという。

それをwhite wash、と最初にいったのは誰だろう？

名前がつけられると、生命は動きだす。ウィルスもまた生命である。

white washと呼ばれたウィルスに感染するのは何故かアジア系のひとが多かった。感染がまだ始まったばかりのころ、それは偶然だと思われた。まだwhite washと名づけられる前に患者を診察した医療従事者たちはお互いに情報を交換した。

「――病院では感染と判明したのは――国の方です」

「それは――私たちの病棟でもおなじです」

「我々のICUにおなじひとたちが――」

それは秘匿されたが情報は次第に外部に漏れ出した。ユリが視線を感じるようになったのはそのころだ。

気のせいかもしれない、とユリは思った。きっと意識過剰のせいだ、とも。けれど視線が彼女のこころを揺さぶる。

ほらあの子、日本人なんだよ、と。黒い真っ直ぐな髪。吊り上がった切れ長の目。華奢でちいさな身体。典型的じゃないか？

両親が日本人であること。それはユリも充分にわかっていた。家では日本語で会話をしていたし、日本語の本も問題なく読むことができた。けれどユリはアメリカで生まれ、育った。英語で考え、アメリカの文化や身ぶりや習慣を身につけていた。身体的特徴で自分を判断してほしくなかったし、それは差別なのではないのかと、してはいけない、許されないことのひとつではないのかと思った。

しかしwhite washというウィルスは静かに広がっていった。それがどうしてわかったのかといえば、ユリの両親が携わっていたアジア人コミュニティのサークルが次々に閉鎖したからだ。

我々は暫く逢わない方がいいね。

そうだね、何処か旅行にでも出ようか。

いいね。手紙を書くよ。

それがいい。元気で。

また逢おう。

white washという言葉を誰かがこの世界で囁くことがなくなるまで。

それはいつの日のことだろう？　彼らはそれをしることなく、消えることとなる。

white wash とはなにか？

それはほんとうに存在するのか？

リアルな情報は誰にも伝えられなかった。誰かがひとびとの口に金貨を投げ入れて、くちびるを開かせまいとしているように。

みえない不安が広がって、怯えていたユリに父と母は安心するようにとやさしくいった。天井まで書棚が届く、広いリビングルームのソファに並んで座って。

「ユリ、なにも怖がることはない。ここは自由の国だよ。保険にだってちゃんと入っている。どんな病院でも治療を受けることはできる。それにそもそも噂に過ぎないんだ。特定の民族だけが罹患する伝染病なんて、ある訳ないさ。だいじょうぶ、自分を信じて。うまくいくさ」

両親はそんな風に人生を開拓してきたのだろう。異国の地で自分のちからで成功した者が持つ自信をユリは信じた。信じようと思った。日常を変えることなくハイスクールに通い、好きだった歴史の本を図書室で集中して読んだ。将来は歴史の教師になりたかった。

ユリはアメリカで生まれ、アメリカで育った。国籍は日本だが、自分はアメリカ人だ、と彼女は思っていた。まわりのひともそのように接してくれた。けれどほんの些細な、気がつかない程のちいさな偏見や、差別を一切感じないでこれまで過ごしてきた訳ではなかった。学校でも社会でも人種差別はかたく禁じられ、それを侵した者は罰せられた。しかしそれはユリを傷つけるには充分だった。自分はやはり自分の血統（という言葉も差別の側面を持つことがあると自覚していたが、しかし）ではないひとびとに歴史を教えることはできないのだろうかと、悲観的な気持ちになることがあることも事実だった。

それでも授業が終わると友だちとダイナーでパイとソーダを頼みおしゃべりをしたり、買い物を楽しんだり、と意識して明るく過ごしていると噂は遠ざかっていく気がした。平穏な日々が戻ってきた。しかしある日ユリの肩に紙飛行機が止まる。ユリは折られた紙を開く。

「汚らわしい民族！　我々の国から出ていけ。選ばれた民族より」

と書かれた文字がそこにある。そしてある日ユリの両親宛にポストに政府から通知が届けられる。白い封筒を赤いラインが不吉に横切っている。ユリの父がペーパーナイフを使って封筒を開くと、タイプされた文字が目に入った。

「貴兄(きけい)にwhite washのキャリアの可能性有り。速やかに行動を自粛し、自宅待機を要請する」

ユリの両親は黙ってお互いをみつめあっていた。ユリの目にふたりは初めてちいさくみえた。

「この手紙は政府の何処の機関から来たの？　どういうことなの？　強制力はあるの？」

父はユリを安心させるように食卓の塩入れを掌に包んでいう。

「なんでもないさ。健康には自信がある。ここ数年、虫歯にすらなったことがないんだ」

けれど誰がユリの家族の既往歴をしったのか？　その情報は何処から、何処へと受け継がれ、政府へと流れ、そしてそれがユリの家のポストに警告の言葉とともに届いたのか？

両親はなにごともなかったかのように振る舞っていたが、翌日からユリが家を出ても仕事にいくことをやめた。家に戻るとふたりは疲れた顔でユリを迎え、黙ったままテレビディナーで夕食を終えた。そんな日々にユリは自分もハイスクールにいかずに家にいる、といってみたが、ふたりは少し悲しげに毎朝扉の前でユリに手を振るのだった。ユリがハイスクールに通い続けること。それが両親の願いであり、最後の希望であることをユリは悟った。

そして数日後、ユリが帰宅すると家には誰もいなかった。テーブルの上には両親ふたりには多いお茶の支度がそのまま残っていた。ナイフをいれられ、そのまま手つかずのユリの母の手作りのオレンジケーキも。彼女は両親が連れ去られたことをしった。これまでの人生のなかで遠くから自分を取り囲んでいた異邦人をみる視線が、私の身体をはっきりと包んでいる、とユリは思った。家にはもうユリしかいないのに、無数の視線がそこにはあった。

パニックにならないように、と父がいっているような気がして、ユリは食卓を片づけ、シャワーを浴びて、きちんと夜着に着替えると自室のベッドに潜り込み、目を閉じた。永い夜があけ、朝になった。月は満ちて、欠けた。孤独な数日を過ごした。最低限の食事をひとり済ませた。みえない視線から逃れるためにカーテンを閉め切った。カーテンの隙間から太陽の光が差し込むことも怖かった。

white wash。

なにもわからない。しかし両親は拉致されたのだ。自由の国。民主主義の国。国民が主権の国で。なんの罪も犯していない両親が。

両親が消えてから何日経っただろう。ついに電話が鳴った。ふるえる手で受話器を耳にあてると、聞いたことのない女性の声がした。

「当局からお報せがあります。私ども医療従事者の検査の結果、あなたの両親はwhite washに罹患していることがわかりました。当局で責任を持ち、保護、治療、療養させます。恢復次第、速やかに自宅にお送りします」

生きていた、ということがまずユリを安堵させた。しかし両親のいまの容態は、white washとはなにか、とユリは問い返そうとしたが、電話は切れてしまった。だがとにかく、両親は無事だ、とユリは自分を慰めた。

ある日の朝早く、玄関のベルが鳴った。ドアを開けると防護服に身を包んだ男が数人立っていた。彼らはユリにＣＤＣの身分証明書カードをみせた。そこにはもうないはずの、乾いたオレンジケーキのにおいがした。

「ご両親をお返しに来ました」と彼らはいった。防護服の下の表情は読めない。寝室は何処かときかれ、ユリは二階だとこたえた。防護服を着た男たちは一度ワゴン車に戻ると白い医療用の防護袋に包まれたユリの両親をカートに載せてまた現れた。衝撃にユリは眩暈に襲われたが、なにが起きたか確かめなければ、とユリはくちびるを動かした。

「父と母は……、亡くなったのですか」

「死んではいません」と彼らはいった。青褪めていたユリの頬にほんの少し赤みが戻った。

「生きているの？」

彼らは少し間をあけて、冷酷にユリに告げた。

「残念ですがご両親はもう以前のようには戻らないでしょう。あなたのご両親は生きた遺体です。ふたりはwhite washに罹患し、ダブルダブルに変化したので」

「ダブルダブルに……、変化？　それはどういう意味ですか？」

訝り、説明を求めるユリを彼らは無視した。白い医療用袋に包まれた両親をカートに載せたまま家に入ると、二階の寝室を探した。そこは簡単にみつかった。彼らは両親をベッドまで運んだ。一連の行動はてきぱきと敏速で、無駄がなかった。

ユリに書類にサインをさせると、なにもいわずに彼らは去った。ベッドの上に横たわる両親をみつめていたユリは、思い切って医療用袋のジッパーを開けた。

全身がなにもかも白く、蠟(ろう)でできた人形のようになった両親がそこにいた。

「お父さん……、お母さん？」

思わずふれた肌は柔らかい。だが心臓に耳をあてても鼓動はきこえなかった。ユリは大声で両親を呼んだ。

起きて！　目を覚まして！　と。

しかし両親は身動きひとつしなかった。生きた遺体。彼らはそういった。黒かった髪は一本残らず白髪になり、肌は脱色したように白かった。数日経っても、両親はそのままだった。両親は生きているのか、それとも死んでいるのか、ユリには判別がつかなかった。

医療用のガウンを着たまま、父と母は何日もその状態を維持し続けた。父の顔が髭で青くなることも、マニキュアが塗られた母の爪が伸びることもなかった。呼吸もしないし、排(はい)泄(せつ)もしなかった。ふたりは真っ白な蠟人形のようだ、と再びユリは思った。腐敗することもなく、異臭を放つこともない。

こんなことがありえるの？

現状を受け入れることがユリにはできなかった。人間は呼吸をし、心臓は鼓動し、眠っていても身体は自然に動くものだ。こんな状態はありえない。ユリは両親の閉じた瞼（まぶた）を指で開いた。黒目（くろめ）の中心の瞳孔部分まで白かった。

理不尽さが怒りをユリのこころに湧き上がらせた。

ウィルスが、人間をこんな風に変えてしまうものなの？

ＣＤＣの職員がわざわざ訪ねてきた理由は、これが伝染病だから？

だったら私も罹患しているのでは？

どうして彼らは両親を家に戻したの？

これから何が起こるの？

ユリはこれまで感じたことのない、異文化のなかにひとり取り残されたような絶望を覚えた。

そしてユリの予感通りこれが終わりであるはずはなかった。何故なら彼らは再びユリの家を訪れたからである。

「アジア系の生徒の通っている学校は幾つありますか？」

防護服に身を包んだ彼らは丁寧な言葉で、しかし威圧的にユリに尋ねた。ニューヨークには多くのひとびとが暮らしているが、やはり国ごとにまとまって住んでいることが多かった。

「この辺りだと、三つだと思います」とユリはこたえる。彼らは地図を取り出して学校名を尋ねる。ユリは学校を指で示す。彼らは地図に印をつける。

「あなたはハイスクールに通いなさい。ご両親はもう変化しません」

その口調は穏やかではあったが、あきらかに脅しであった。恐怖を感じたユリは翌日学校にいった。両親が変化してからというもの、ユリは学校を休んでいた。その間にハイスクールは変わっていた。教室にクラスメイトは殆どいなかった。僅かながら登校してきたクラスメイトに尋ねると、誰もがCDCの職員に学校にいくようにといわれたとわかった。

「キャロルやアンジェラはどうしたの？　学校に来ないのかしら」

ユリは仲のよかった生徒に連絡をとろうと思った。しかしクラスメイトは、学食に設置された公衆電話に向かおうとしたユリを黙ったままじっとみつめた。その目には諦念があった。ユリは歩みを止めた。

それでも日常を壊すことが更に不安を増すのでユリは学校に通い続けた。ハイスクールにいく。授業でディスカッションをする。図書室で予習をする。学食で友だちとランチを食べる。そんな日常を繰り返すことで、なんとか両親の変化や自身の不安を紛らわせた。

そしてある日学校は閉鎖された。文字通り、ユリとクラスメイトは学校に閉じ込められたのだ。門には鍵が掛けられ、あっという間に高い塀が作られた。体育館に無数のベッドが並べられた。しかし出口は何処にもない。ロックダウンだ。

「調査の結果white washというウィルスが白屍病という新たな伝染病を引き起こすことが判明した。患者はいまのところ若干名、としか伝えられない。患者の個人情報を公開することは控える。しかしこれは人類にとって新たな伝染病という事実には変わりない。政府としては早急に患者の関係者たちを隔離する方針を固めた。患者、またその家族、関係者には不自由な思いをさせることになるが、いまは緊急事態だということを理解していただきたい。食料や医療などの支援は行い、その間にwhite washのウィルスの研究を進め、ワクチン、及び治療薬の開発を急ぐ」

ユリはかつての戦争のとき、日系人が強制的に隔離収容されたことを思い出した。ユリたちは自嘲的に自分たちのいる場所をアジア・ゲットーと呼んだ。

ユリをはじめ残された生徒たちは定期的に差し入れられる新聞やラジオ、視聴覚室のテレビを通じて必死に情報を集めようとした。

なかなか情報は集まらなかったが、特になにもすることがなかったので、彼ら、彼女らは辛抱強くwhite washのウィルスを調べた。するとある程度のことがわかってきた。

white washのウィルスに感染すると、最初の兆候は爪から始まるらしかった。ピンク色の爪が、白くなる。爪全体が真っ白になると次は髪だ。ユリのようなアジア系の生徒のほとんどは髪の色が暗い。その頭髪全体が明るく、やがて白くなる。眉毛や睫毛、身体を覆う毛のすべても同様だ。その症状が固定するまでに数週間かかる。その後の変化は速い。白くなった指先から身体全体が動かなくなり、肌から色素が抜け、やがて全身が白くなり、動かない、いわゆる「生きた遺体」になる。

そしてそれはユリのいるアジア・ゲットーでも起こり始める。ユリはみた。クラスメイトが次々にwhite washに罹患していく姿を。ひとり、またひとりと色素が抜けた生徒たちは体育館のベッドからすべり落ちるように床に横たわり、ゆっくりと目を閉じる。湖に落ちる木の葉のように、呼吸する音が静かに消えてゆく。動かなくなったクラスメイトの瞼をユリは時折捲った。両親とおなじように瞳孔も白かった。

数週間が経過し、ユリ以外のクラスメイトがみなダブルダブルに変化したころ、CDCのメンバーが教室に現れた。

「あなたはイエローだね」

それはレイシズムとしての発言なのか、それとも単に変化がないということなのか、とユリが思っていると、彼らはユリの手首に手錠を掛けた。大勢の男たちに押さえつけられ、ユリは学校から運び出された。腕に注射を打たれ、意識を失った。

どれくらい眠っていたのだろう。朧気に意識が戻った。身体を動かそうと思ったが、両手両足がベッドに拘束されていることに気づいた。

「あなただけがダブルダブルに変化せず、生き残った。あなたにはwhite washのウィルスに抗体があるのではないかというのが我々の看立(みた)てだ。あなたは貴重なサンプルだ」

ユリが寝かされたベッドから遥か高い位置にガラスで仕切られたスペースがあり、そこから軍服の男と白衣を着た医師らしき人物がみえた。軍服の男が医師になにか伝え、医師はマイク越しにユリに語りかけた。

「これから医師があなたを検査します。抗体をみつけられればワクチンも作れる。white wash が終焉を迎えたら、あなたを家に帰そう。約束します。是非協力をお願いします」


過酷な実験（それは検査といえるようなものではなかった）にユリは何ヶ月も耐えた。ある程度のデータを取得し、もうなにも調べることがなくなると彼らは満足し、ようやくユリは家に戻った。季節は初夏になっていた。

両親があの日のままの白く柔らかく呼吸をしていない姿で彼女を迎えた。しかし政府はユリに日本に帰国するようにと伝え、ユリは強制送還された。両親がどうなったのか、いまでもユリはしらない。

彼女をのせた飛行機は北極海を越えて日本に向かっていた。窓からは白い雲が海のようにみえ、空は明るかった。狭いエコノミークラスの座席でユリはずっとふるえていた。毛布をお出ししましょうか、とＣＡが声をかけたが、ユリの耳にその言葉は届かなかった。彼女は自分が何者であるか、何処から来て、何処へいけばいいのか、なにを信じていいのか、わからなかった。彼女は自分自身を失っていた。

日本人ではあるがユリにとっての初めての日本でユリは居場所をみつけられなかった。アメリカ政府から持ち出し許可を受けたお金を切り詰め、ビジネスホテルを転々としていたが、次第になにもかも煩(わずら)わしくなってきた。日本の地理には詳しくないが、ユリはとにかく下りの電車にのった。終点が来ると更に下り、もう何処にも辿りつかないある駅で降りた。遠くに山がみえた。ユリは黙ったまま、山に入った。最初は木々もまばらだったが、半日も歩くと、周りは鬱蒼(うっそう)とした深い森へと変わっていった。元々土地勘はなかったが、枝を伸ばした樹木に遮(さえぎ)られ、太陽の場所もわからず、ユリは完全に東西南北の感覚さえ失った。自分が何処にいて、どうやって元の場所に戻るのかもわからなくなった。疲れ果てたユリはその場に座り込んで、ただ暗くなっていく空の下で膝を抱えていた。遠くから水の音がした。その音を聞いていると疲れた身体に睡魔が訪れた。ユリは眠りに落ちた。どうなっても、もうどうでもよかった。

けれど突然ユリは目醒めた。そこは森ではなく、広い座敷だった。身体には清潔な布団がかけられていた。ユリは動揺した。自分の身になにが起こったのかわからなかった。これもまだ夢なのか、と顔を覆っていると、静かな足音が聞こえた。ユリは顔をあげた。

「目が醒めましたか」

燕脂色の粗末な袈裟(けさ)姿の、後に宗祖だとしる男が襖を開けて入ってきた。しかしユリがほんとうに驚いたのは、男の足許に大勢のちいさな人間たちが踊りを踊るようについてきたことだった。

正気を失ったのではと黙り込むユリを気にもとめず、男は黒く四角い箱の前に座ると、それを操作し始めた。ちいさいひとびとは歌い、舞っている。まるで祝祭のように。

「おまえたち、お客人が驚いているだろう。さあ、元の場所へ還りなさい」

男が言葉をかけると、ちいさなひとびとは吸い込まれるようにその四角い箱に入っていった。男は器用にその箱の引き出しを閉めると、ユリにはわからない手順で手にしたカップに黒い液体をそそぎ入れた。

「エスプレッソコーヒーです。疲れが取れます。飲みなさい」

言葉は丁寧で、声はふくよかだった。エスプレッソコーヒー？　この四角い、さっき男のひとの周りを囲んでいたちいさなひとたちが吸い込まれた箱はエスプレッソマシンなの？

柔らかな男の声に思わずカップを受け取ったユリだが、ひどく混乱して、コーヒーを飲む気にはならなかった。しかし男はじっとユリをみている。

「楽になります」

男の目は虚（うつろ）だった。視力が悪いのかとユリは訝った。しかしその目は急に眩く光った。

「さぞ苦しかったでしょうね」

その言葉を受け、ユリは自分の胸の内側をそっと覗きこんだ。

私、苦しかった？　とユリは自分に問いかける。そこで初めてユリは自分の気持ちに気づいた。滞っていた川に水が放流されるように、感情があふれた。

そうだ。私、苦しかった。ずっとずっとだ。苦しくて、つらかったんだ。

ユリは掌に包んだコーヒーをみた。もう何時間も飲食をしていなかった。そのことをそれまで忘れていたはずなのに、急に喉が渇いた。それは激しい、痛みのような渇きだった。ユリはカップにくちびるを寄せた。たった一杯の液体なのに、それはユリの指先まで瞬時に潤した。それは不思議な感覚だった。ユリは大きくため息を漏らした。

「あなたは居場所を失ってしまったんですね」

もう一度ユリにエスプレッソコーヒーを手渡しながら男はいった。ユリは頷いた。男はユリを手招きした。ユリは男のそばに近づいた。男はエスプレッソマシンの引き出しを開けた。そこにはひとびとが蠢(うごめ)く、ちいさな、別の宇宙があった。

「この場所に留まるといい。あなたは妃姫(きさき)なのだから。あなたはこの場所に辿りつくために、苦しい旅を歩まされた。それは浄化された。わかりますね」

white wash。

瞳孔まで白くなり、呼吸もせず、それでも生きている遺体。それはさっきこの男の足許にいて、いまはエスプレッソマシンのなかにいる、ちいさなひとたちではないのか、とユリは思った。父も母も、いなくなったクラスメイトもこの四角い箱のなかで楽しく生きているのではないのか。

そう思うと、ユリの気持ちがすっと楽になった。不意に涙があふれた。暫くの間、ユリは声を出さずに泣いた。宗祖は静かにそんなユリのそばにいた。やがて彼は諭すようにユリに話しかけた。

「あなたは生きていかなければいけません」

ユリは宗祖をみあげ、躊躇いがちに息を止めていた。しかし宗祖の淹れたエスプレッソコーヒーはユリの身体に沁み込み、彼女をすっかり替えていた。数秒の沈黙の後、ユリは頷いた。エスプレッソマシンのなかに、彼女のこころは仕舞われた。彼女の一部はもうエスプレッソマシンのなかのちいさなひとと同化していた。

こうしてユリは教団に入信した。

月夜の闇に白い花が散っていた。彼女は掌でそっと一片の花びらを掬った。彼女の生い立ち、そして宗祖への思いをわざわざ新月に聞かせた理由を彼は尋ねた。夜の川辺は透明な水の匂いがした。ほのかに愁いを帯びた瞳で彼女は新月をみつめた。

「きっとあなたにもそれはあるのよ、新月」

「僕に？　なにがですか？」

「私が持っているwhite washの抗体。だってあなたは御方さまの子どもでしょう？」

新月は困惑した。ユリの言葉の意味がわからなかった。ずっと後になって、彼女が僕の母親だったのかもしれない、と新月は思った。

彼女の身体から宗祖を辿り、新月に注がれた生命の道があるのではないのかという、空気の吐息が新月の掌の上に浮かんでいた。

8

ある弁護士が物語に登場する。彼の名前は吉行光晴。彼は三十歳を過ぎたばかりの若手の弁護士だった。新月にとって、吉行弁護士との出逢いは運命を左右される、強い意味のある過去となった。それは後述する。まずは吉行弁護士の話をしよう。

当時、吉行弁護士は本来財務管理などの案件を主に扱っていた。しかしふとしたきっかけから失踪者の相談を受けることになった。彼はそれらの話に奇妙ななにかを感じた。頭の後ろをなにか黒い影のようなものが音も立てずに掠めてゆく。そんな感覚を彼は覚えた。それは弁護士としてのある種の勘だった。

「息子が家を出て、帰ってこないんです」

七十代の父親と母親は語った。父親は旧帝大出身の大手金融機関に勤めていたエリートであった。定年退職後も子会社で相談役をしている。母親は短大を卒業した後、父親と見合いで結婚し、専業主婦で過ごした。あまり世間のことには詳しくない。団塊世代にはよくあるタイプの家庭だ。父親は少し恥ずかしげに吉行弁護士のいる法律事務所に相談に訪れた。最初は税金対策の相談だったのだが、ふとした流れで何故かその話になった。

「親の私がいうのもなんですが、優秀な子でした。成績も、素行もよく、難関大学の受験に成功して、大手不動産会社に就職しました。親しくしている友人も何人かいました。なんの問題もないと思っていました。結婚して孫の顔をいつみせてくれるのかと、それぐらいを楽しみに考えていました。けれど……、就職して何年かして、上司や同僚とうまくいかず塞ぎ込むようになりました。営業という仕事に向いてなかったのかもしれません。それまで実験や難しい論文を書くことが好きな繊細な子でしたから。それでも暫くは普通に通勤していたのですが、残業を断り、家に戻ってからはパソコンをいじってばかり……。後からわかったのですがそのころ学生時代の知り合いから紹介された会合に参加するようになったようです。日曜には頻繁に会合に通い、それにのめり込み、ついには会社もやめてしまい家に閉じこもるようになりました。それまで親に逆らったことなどない子でしたのに、なにかいおうとすると乱暴するようになってしまい……。それでも親として何度も話し合おうとしたのですが、会話がうまく咬みあわず……。はい、そうです。家出したのは去年のことです。警察に相談しましたが、もう成人している男性（であろうが女性であろうが）が家を出ることには事件性がないと相手にされず。しかし私どもは息子が何処にいるかしりたいのです」

数日後、誰かの紹介で三十代の女性が吉行弁護士の許を訪れた。彼女は医療事務の仕事をしている。夫とは高校時代から交際して結婚に至った。彼女によると、夫は高校のころから理想の高い人物だったという。

「主人は医師でした。とても真面目で、私と出逢った高校時代から医師になることを希望していました。彼の家庭は少し複雑であまり話したがりませんでしたが死に向き合う機会が多かったそうです。そのせいか医師になって患者さんのためになりたい、病に苦しんでいるひとを救いたいと、使命感のようなものを抱えているひとでもありました。希望していた医学部に合格し懸命に勉強して、医師になりました。気持ちの強いひとだな、と思っていましたし、そこが好きでした。二十代の終わりに結婚したころは幸せでした。彼は仕事に生きがいを感じていましたし、私にもやさしかった。けれど主人がどんなに頑張ってもひとには寿命があります。ひとは病には勝てないんです。こんな言い方をしたら語弊（ごへい）があるかもしれませんが、普通のお医者さんはそれに慣れていきます。仕方ないです。ひとは死ぬんです。でも主人は患者さんの最期を何度も目にして、そのたびに悲嘆に暮れていました。もっとなにかできることはなかったのかと、後悔ばかりしていました。私があなたは充分に患者さんのために尽くしたのよといっても、落ち込んで自分を責めて……。どうしてひとは病むんだろう、と呟いてばかりいるようになりました。とうとう私に黙って病院をやめてしまいました。医学ではなく万能にひとを救える、患者さんを死に至らしめることのないなにかを探し始めるようになりました。その辺りはよくわからないのですが、そのようにして知り合ったひとたちと連絡を取るようになり、彼は変わってしまいました。もう以前の、やさしいだけのひとではなくなりました。医学に頼ることなく、ひとを救える方法をみつけたんだ、もう誰も死ななくてすむんだ、といって……。いつのまにか貯金もすべてなくなり……。はい、家を出てしまい、帰ってきません」

相談は連続する。

失踪したのは男性だけではなかった。二十代の美容師の娘が出ていったという母親が吉行弁護士に語りかける。やさしげな眼差しをした、年齢より若くみえる、パステルカラーの柔らかな服が似合う女性だ。

「娘は美容学校を出て、憧れだった都心の有名な美容院に勤めて、独り暮らしをしていたんです。実家からそう遠くないものですから母親である私が食事を作ったり掃除をしにいくこともしばしばありました。ある日、娘の部屋にいくと、家具がなにひとつありませんでした。冷蔵庫もです。部屋は空っぽでした。どうしたの、と問い詰めると、雑誌の投書欄で知り合った断捨離(だんしゃり)のセミナーに通っていて、ものには価値がないからすべて捨てたと……。お母さん、私、ほんとうのことに気づいたんだよ。いまある世界は滅びることが決まっているんだ。だからなにをしても許されるし、たとえ罪を犯しても罰を受けることもないの。自由なんだよ。私、ようやくみつけたんだ。もう放っておいて、といったきりで……。そのまま部屋を追い出されました。私は娘のいうことが意味不明で混乱してばかりで夫にも相談できず……。数日後、美容院から娘が出勤しない、と連絡がきて、部屋にいくと、管理人さんから娘はもう引っ越したといわれ……。ええ、何処にいったのかはわかりません。連絡もつきません」

後に逮捕されることになるきれいな顔をした女性の写真をみせてくれた別の母親もいた。

「娘の部屋を掃除していたとき、見慣れない大きな鞄が幾つかありました。不審に思ってなかをみてみると大金が入っていました。数えた訳ではありませんが、数百万、いえ、数千万円あったと思います。娘はまだ二十代半ばの、ごく普通の会社員です。そんな大金を手にできるとは思えません。娘を問い詰めるとこれは広い意味での投資であって悪いことはしていない、みんなよろこんでお金をくれたといいました。そして次の日から家に戻ってきません。勿論、大金の入った鞄ごとです」

先に述べたように吉行弁護士は事務所に所属していたが、他の弁護士は相談に来ていたひとの話をきいて、あからさまにいやな顔をした。どうも厄介な、しかもお金にはならない案件らしいと所内では思われていた。

ある朝、出勤した吉行弁護士は所長室に来るようにいわれた。他の弁護士は目配せを交わした後、黙って席について仕事を始めた。誰も吉行弁護士をみなかった。しんと静まりかえった部屋を抜け、吉行弁護士は所長室の部屋をノックした。所長は穏やかな表情で吉行弁護士を迎えた。

「吉行先生。先生の活動のことは聞いているよ。私の若いころを思い出す。私もね、弁護士としての理想は高かった。ひととして、弁護士として理念を持つことは素晴らしい。しかしね、先生。人生の最良のときを棒に振る危険について考えてみたことがありますか？それは案外身近にあるかもしれない。気をつけるに越したことはないよ。でも、まあ、吉行先生、私は大いに先生を応援していますよ」

所長は笑顔で吉行弁護士をみつめていた。吉行弁護士は黙ったまま一礼して所長室を出た。それが警告であることはわかっていた。

しかし吉行弁護士はひとりでも相談者から話をきいた。総勢三十人を超えただろうか。どうも相談者たちの家族はおなじ集団に関わっているらしい、ということを吉行弁護士は突き止めた。会合場所や、相談者からメンバーの名刺を手に入れ、そこから断捨離のセミナーにも幾つかあたった。

「ものを買うのはばかばかしい」と彼らはいった。

「なにも持たない、働かない、消費しない生活が、理想ですし、僕らはそれを目指しているんです」

そんなことができるのか、という吉行弁護士の問いに彼らは冷笑でこたえるのみだった。失踪者の話を警察に問い合わせてみても、取り合ってもらえなかった。失踪者同士に特に関連性があるとはいえず、先にもいったとおり、既に成人した男女が家庭や、職業を捨てようと、それは事件ではない、と一蹴された。警察は実際になにかが起きてからでないと動かない。吉行弁護士は独自に調査を続けていた。そしてある教団が×県の森の奥に広大な施設を建設していることを突き止めた。そこで失踪者たちは集団で暮らしているらしい。地道な調査だった。お金にもならない。法律事務所では変わらずに働き続けた。彼は疲弊していったが、失踪者たちを救うという情熱は衰えなかった。

家に戻り、彼は食事をしながら妻にいま自分が取り組んでいる仕事の話をした。弁護士には守秘義務があるので、肝心な部分は話さなかったが、自分の置かれている状況、こころに芽生えている正義感、あるいは使命感に似た感情などをぽつり、ぽつりと妻にだけ話した。彼の妻はお茶を淹れながら頷いた。妻としては夫には法律事務所の仕事だけではなく、もっと家庭のことも考えてほしかったが、夫の性格も理解していた。

テレビでは奇妙な事件をキャスターが伝えていた。

「昨日未明、×県の×市で、二十数名が救急車で病院に搬送されました。いずれも意識がなく、重態です。原因は不明です。患者らはおなじ区域に住んでいますがお互いに面識はなく、トラブルもなかったようです。警察では事件と事故の両面で――」

吉行弁護士は箸(はし)を置き、テレビの画面をみる。なにかが吉行弁護士の頭を掠めた。が、既にキャスターは違う話題について話し始めている。

「どうかしたの？」

食事の邪魔をしないように、食卓を布巾で拭きながら妻は吉行弁護士の様子を窺った。

吉行弁護士は黙り込んだままだ。弁護士の勘のようなものが彼の脳裏を駆け巡るが、それがなにをつながっているのか、わからない。

「いや、なんでもない」

吉行弁護士は再び箸を取った。

翌日から吉行弁護士は大学時代の友人に連絡を取って、テレビ局や出版社を紹介してもらった。その活動が教団の怒りを買うことになることを、吉行弁護士はまだしらない。

9

死に意味を与えることは、死者を恐怖の対象とすることから始まる。しかしそのひとは死者を畏れなかった。彼は村でたったひとりの医者だった。村人のひとりが疫病に倒れると死者の血縁の者たちは医者の家を遠巻き（とおまき）に眺め、黙ったまま遺体を家の前に放置した。足音も立てず、小石ひとつ踏まないように注意しながら。村人は耳を澄ます。夜が訪れたころ、医者は死んだ人間の内臓を食べる。彼はクロノスであると信じられていた。

しかしそれはすべて噂に過ぎない。流行病の死体の処理を彼にすべて任せ、村人は遺灰も遺骨もない墓石だけを墓地に建てている。村人は医者から受け取った箱に入った灰となった遺体があまりにも軽いので、医者が屍肉を食べたと信じているのだ。医者の顔は赬（あか）く、たいそう背が高かった。殆どが血縁で結ばれている村人には似ていない風貌も、彼らを畏れさせていた。

現代の日本とは思えない過疎の村、いわゆる限界集落がこの話の舞台だ。一年の半分以上を豪雪に覆われる、一本の深く広く流れる川のある山奥にその村はあった。澄んだ川にはイワナや鮎が泳いでいる。若い人間は殆どいない。医者には三人の老婆から引き取った血のつながらない息子がひとりいた。息子は医者とは同居せず、村の更に奥地に小屋を建て、ひとりで暮らしている。

彼の名前は猿田彦。

猿田彦は白とも銀ともいえない髪を長く伸ばしていた。それだけでも村人は猿田彦に近づかなかった。彼は養鶏を生業としていた。毎日村人に卵を届けるだけではなく、まつりごとなどに頼まれれば鶏をしめた。首を絞め、羽を毟り、血を抜き、皮を剝ぎ、内臓を取り除いて食べられる状態にして村人に渡した。その代わり村人は猿田彦に最低限の食料や生活雑貨を与え、いやいやながらも彼の存在を容認していた。

木蓮の花が咲くころ、猿田彦の生きてきた道の途中にひとりの少女が訪れる。少女の名前は福弥。福弥を生み落としてから母親は逃げるように村を去った。母親は妊娠を隠していたため、まだ臍帯をつけた、血塗れの福弥が部屋に残され、放置されていた。みつけたのは福弥の祖父母である。福弥は医者の許に届けられ、数週間後に戻ってきた。白い産着に包まれて。

「福弥という名前を与えます。この子にとって最初で最後の贈り物として母親が苦しみながら臍帯を切らずに得たであろう胎盤を、私が食したことの引き換えに。さちあれ」

こうして福弥も猿田彦と同様、忌むべき存在となってしまった。

元々村に子どもが少なかったせいもあり、義務教育も碌に施されなかった。福弥に勉強を教えてくれたのは猿田彦である。養鶏独特のにおいのする猿田彦の小屋には天井に届くほど本が積まれていた。福弥は猿田彦が好きだった。福弥を拒まなかったのは村では猿田彦だけだった。あるとき、福弥は猿田彦に尋ねた。

「猿田彦はどうして鶏を世話しているの？　だって折角育てた鶏をしめるのはいやではないの？」

「おれはね、呪われているからひとの輪に入れない。でもそれでは生きていけない。だから最低限の役を背負う。それも仕方のないことだよ。ひとは案外人生を選べないものなんだ」

「呪われている？」

「おれの先祖は鬼なんだ」

さらりと笑みを零すような猿田彦の言葉に福弥も思わず笑いそうになる。

「鬼なんかいないよ。それはお伽噺(とぎばなし)だよ」

「おれの先祖はね、神社の祠(ほこら)の引き出しのなかでまだ生きている。大昔、追いかけて走ってくるひとびとに投石を受けて誘われるようにそこに追い込まれたんだ。おれの先祖の鬼たちは呪術を操れたからね」

「どんな呪術を使っていたの？」

「赤ん坊を猿の子どもと取り替えたり、蜂を巣に帰さないことで花の受粉を妨げて、果樹園を枯らしたり、いろいろとね」

草や虫や花のなかで、福弥は猿田彦の声を聞く。鶏のにおいさえ、心地よい。引き出しに入っている鬼が餓鬼(がき)を食べる姿を思い浮かべる。自分の汚れた服をそっとさする。もっときれいな服がほしい、と福弥は思う。それを気遣ってくれる者は福弥の周りに誰もいなかった。祖父母は福弥と食事すらともにしなかった。汚れた土間で、福弥はひとり冷えた粥を啜った。幾千もの鶏の声が木々の間に響く。猿田彦がとても楽しいことを思いついたような明るい声でいった。

「福弥ちゃん、今夜、おれと旅に出よう。この村から出て、都会にいこう」

「旅？」

「子の刻、真夜中の零時を過ぎたら、胡桃の木のある川辺においで。そう川童の手形の残っている場所だよ。福弥ちゃんのために白い服と舟を用意するから、ふたりで川をくだろう。なにもかも捨てて、生まれ変わろう。いいね？」

膝についた無数の銀砂を福弥は払った。心臓の鼓動が自分の耳の奥で高まる。しかし福弥はまたうつむき、躊躇うようにくぐもった声を出した。

「……そんなことができるの？」

猿田彦は右手の薬指に嵌めた、自分で作った革の指環を福弥に渡した。福弥は掌をみつめた。

「福弥ちゃん、おれの秘密をしりたい？」

福弥は顔をあげた。太陽は猿田彦の後ろにあり、逆光で彼の表情は読めなかった。

「みてごらん」

白く長く、関節の形のはっきりわかる猿田彦の指先が白銀の髪をかきあげた。そこには真夏の空のような青い青い瞳があった。野辺に寂しい風が吹いた。青い瞳はこの世界のすべての価値観を反転するように光っていた。すべての倒錯、すべての正義を。福弥は静かに立ちあがり猿田彦に近づくと、青い瞳の睫毛の先にそっと指先をふれた。氷のように冷たい感触が指先に残った。ふたりはみつめあった。風が止まった。

遠くから天狗礫（てんぐつぶて）の音が聞こえる。やまない雨のように強く地面を叩く。しかしその礫がふたりにあたることはない。彼らは守られている。彼らは異人であり、何処にも所属していないが故に、山の神に愛されていた。

「これを食べてごらん」

猿田彦が差し出したのは彼が殺した鶏の眼球だった。屍の眼球は白く濁っていた。

「おれが育てて選んだ最高の鶏だよ。この鶏はwhite washという特殊な伝染病に罹患している。アメリカのＣＤＣが秘密を保管している、謎の病だ。この眼球を食べることでおれの目は青くなったんだ。福弥ちゃん、君がもしこれを食べれば君の身体の中身が生まれる以前の状態に浄化される。魂のときとおなじになる。君もおれとおなじ景色をみられる。おれと旅立てる。ね、福弥ちゃん」

福弥はこっくりと頷くと、眼球を口に含んだ。甘い香りと雨の匂いがした。

「これで福弥ちゃんの呪いはとけた」

「私の呪い?」

「ほんとうは気がついていたでしょう? 誰もが福弥ちゃんからいつも少し距離をとっていること。ずっとずっと寂しかったでしょう?」

福弥はうつむいた。いつもひとりぼっちだった、と福弥は思う。父の顔も母の顔もしらない。村にすこしだけいる子どもたちは誰も福弥に話しかけない。

「でもそれも今夜で終わりだ」

赤い光が辺りに漂い始め、空には静かに月が昇っていた。猿田彦は貧しい引き戸を開けた。家に入りながら猿田彦は青い瞳を細めて笑っていった。

「君の人生が始まるよ、福弥ちゃん」

　それから幾つの季節が過ぎたのだろう。福弥は白い服を縫いながらあの夜を思い出す。豊かな川の流れを泳ぐ魚。杭にロープを巻き付けた一艘の舟。白いワンピースがたたんで置いてあった。うつくしい服だった。それまでの福弥は古く汚れ、丈が短いか、身体が回るほど大きいか、どちらかの服しか着たことがなかった。福弥はその白い服にそっと頬をあてた。さらりとした綿の、雪のような静謐な白に思わず福弥は涙を零した。猿田彦から福弥への贈り物。花嫁のような白い服。こんな服がほしかった。きれいになりたかった。私、猿田彦のことが、好きなんだ。こころをときめかせ、福弥は白い服に身を包み、彼を待った。永遠のような川の流れ。さざめく波音。空に輝く月の光が白い服の福弥に降りそそぐ。夜はゆっくりと更けてゆく。深く、暗く、静かに遠ざかる。流刑の徒としての旅を夢みる。

　猿田彦が現れることはなかった。

　その夜、猿田彦は鉈と鑿と鋸を持ち、眠りに沈む村人の家を一軒一軒回った。どういう訳か、村人の誰もが目を醒ますことなく、彼の振りかざす凶器の刃を全身で受け止めた。

猿田彦の青い瞳の鼓動を遮ることなく、ちいさな村に住み、生きていた人間すべてのいのちの灯火が消えていった。

医者はどうしたのだろう？

夜が明け、村人の屍肉を処理したのだろうか。猿田彦によって乱された秩序を戻すために彼は屍肉を食したのであろうか。それとも彼もまた人身御供にされたのだろうか。

大人になった福弥は今日も白い服を縫う。久雨の服は福弥によって仕立てられた、白い服ばかりだ。村は血に染まったが、福弥の服は白いままだった。彼女にとって白い服は呪具であり、祝祭であり、生まれいずる前の純な魂そのものであった。

福弥は久雨を愛していた。望んで手に入れた、大切な娘だった。

そして今日も白い服を仕立て、久雨のために温かい料理を作るのだった。

10

朝が来る。久雨の水筒に母親がなにかを注いでいる。洗面所から戻ってきた久雨が母親に問いかける。

「お母さん、それはなに？」

母親は手を止める。

「ハチミツ水よ。あなた、最近胃腸の調子が悪いんじゃない？　食が細いの、気がついているのよ。ハチミツは身体にいいから、ね。水筒、学校に持っていってね」

久雨はうつむいて、黙ってその場を去り、いつものように純白の服を纏う。

学校へと向かう道、久雨は太陽とともに浮かんでいる薄い月をみあげる。自分もまたwhite washに罹患しているかのような錯覚に陥る。アンデッドとなり、屍肉を求めて街を彷徨（さまよ）う幻覚に襲われる。眩暈と、不安と、すこしだけ幸福な風の音が胸の奥で微かな子守歌のように鳴いている。


「宗祖に〈新月〉という名前を与えられて、魂をいれられた僕は教団のなかで〈日知離〉という、一種の特権階級になったことはもう話したね？」

いつものように新月はエスプレッソマシンの前で久雨に語りかける。久雨は頷く。

でもね、と新月はいう。後からわかったことだけど、僕の年頃で〈日知離〉になる子どもは殆どいなかったんだ。僕は宗祖に「愛されていた」。不思議だね。望んでいたものはもう手に入れていた。でも掌を開いてみつめると、そんなものちっともほしくなかったって、そのとき気づくんだ。

そういいながら新月は窓の向こう側に聳え立つ給水塔に目を向ける。

「この土地にはもう井戸はないのに、どうして給水塔があるんだろう？　思えば僕のいく場所には必ず給水塔があった。水道屋がいつでも僕をみている気がする」

久雨も給水塔をみる。複雑で幾何学的な模様のようなそれは地面から生える植物のように沈黙を守りひとびとをみおろしている。
「僕が連れていかれ、〈魂〉をいれる儀式を施された部屋に水槽があったといったよね。その管理を水道屋がしていることを誠慈さんが教えてくれた。ある日、教育係のひとが僕を呼んだ。〈日知離〉としての特権を持つ僕は、誠慈さんの他に水道屋からも教団の理念や役割を学ぶようにいわれたんだ。そして僕は時折水道屋とふたりで逢うことになった。一緒に給水塔に昇ったり、水理学についての初歩を学んだりした」

秋の光が緑を紅葉に変える。新月はいつかあの甘い礫の儀式を行った場所に水道屋と一緒にいくことになった。

「なにをするの？」と新月が聞くと、

「まあ、ついてきなよ」と水道屋は受け流した。

宗祖の部屋に以前のように幾つもの水槽が並んでいた。あのとき、新月はそれらを横目で眺めただけだったが、水道屋は水槽を指さして、彼にいろいろと説明をした。

「みてごらん、新月。水槽には様々なものが棲(す)んでいるのさ」

新月は水槽を覗きこむ。水道屋は歌うように囁く。

「金魚、メダカ、幾つもの種類の水草、藻、鉱石、釦と茶と永い夜と、雪のような白い骨……」

水道屋はまず目視で水槽をよく観察し、それから温度計や、スポイトで水を少量掬っては、幾種類かの試薬で水を検査する。

「純度の高い水を維持するのには高度な技術がいるんだ」と水道屋はいった。

「人類が水を自由に操れるようになるまで、ずいぶんかかったんだよ」

新月は水道屋の実験のような行為を黙ってじっとみつめていた。それはある種の儀式のようだった。

「教団は巧くこの土地を買い取ったけれど、蛇口をひねるだけで飲めるほどの純度の高い水を供給するためにはそもそも森林を管理しなければならないんだ」

「森林？　この施設の奥の森のことですか？」

「水道から出る水は元々は空から落ちる雨なのはしっているよね？　単純だけど、なんだか不思議な感じがしない？　でも雨水はそのままでは飲めない。幾つも幾つも、たくさんの工程を経て、我々の蛇口に辿りつく。でもそれにはまず、空から降ってきた雨がうまく地面に染みこまなくてはならない。そのためには森林を整地することが必要なんだ。雨水が森林に注ぎ落ち、腐葉土や砂利に自然に濾過されて深い地下水になる。それが河や池や湖に流れ込む。それを巧く導くために常に森林を伐採したり、枝打ちをしなければいけない。人間の手が必要なんだ。ひとが生きて生活をするため、あるいは農業や工場を維持するための大量の水を確保するためにはなにかしらの努力、というか、自然ではなく人工的な手入れを怠ってはいけないんだ。でも教団はここの森林に他者が入ってくることを、たとえ水道局という公共の人間ですら拒否する。でもそれではいろんな齟齬が生じる。だからおれが橋渡し役としているんだ」

「水道屋さんは」

新月は不思議そうな目で水道屋をみあげた。

「水を操れるんですか」

それはちょっとした思いつきからの言葉だった。だが水道屋は薄いグリーンの眼鏡の奥の目を、まるで眩しいものをみたように細めた。水道屋の腕に巻かれた時計の秒針と分針が、カチリ、と重なる。

「なあ新月。あんた、自分の〈能力〉を試してみたくならないのか？　あなたさまはさ、〈日知離〉なんだろ？　特別な〈能力〉があるんじゃないの？」

新月は口を噤む。少しでも相手の言葉に危険なにおいが感じられたら、彼は沈黙し、思考すら停止させる術(すべ)を覚え始めていた。

「多すぎる水と少なすぎる水に、永い間人類は苦しんでいた。水はひとを潤し、植物を育て、子どもを清潔に洗う。でも水はひとを攫う……。そう多すぎる水はね」

歌うように水道屋はいう。色つきの眼鏡の奥から新月をちらりとみる。

「多すぎる水はわかるね？　この間関東より北の地で起きた災害のことはしっている？　洪水で多くのひとが犠牲になった……」

新月は首を振る。ここにはテレビもラジオも新聞も、勿論パソコンもない。外の世界の情報はすべて遮断されていた。一部、階級の高い信者の部屋にそれらのものが設置されているのを薄々しってはいたが、彼ら、教団のなかの子どもたちはそれらのものにふれる機会はない。

「多すぎる水で死ぬひともいるし、少ない水のために生活を脅かされているひともいる。現在でも地球上で二十二億のひとに清潔で安全な飲み水が供給されていない。人口の三分の一だ。水がなければひとが生きていけないことはわかるでしょ？　昔は水をめぐって様々な諍いがあったんだよ」

水道屋はポケットからピンク色のキャンディを出して新月の手に握らせた。

「賢い君にごほうびをあげるね。ここじゃ甘い菓子は禁止でしょ？　おれたちだけの秘密だよ」

新月は掌をみつめ、戸惑っていた。確かに甘い菓子など、彼は殆ど口にしたことがなかった。誠慈青年とは違うが、何故か水道屋も兄のように新月にやさしかった。

それから水質調査や宗祖に呼ばれたときの帰りなど水道屋は新月の許をいつも訪れるようになった。水道屋は水に関するいろんな資料をプリントアウトしてファイルに収納して、新月にくれた。水道屋がくれた甘い菓子のように、このちいさな世界ではない、外の世界がそこにはあった。

「新月。あんたはさ、将来なにになりたいの？」

「え？」

新月はその質問にまた身体を硬くした。なにかになりたい。そんなことはここではいってはいけない言葉だった。だが水道屋は骨ばった指に煙草(たばこ)を挟みながらいった。

「おれはね、水を治めたいのさ。多すぎる水も少なすぎる水も、すべておれの手のなかに収めたいの。つまりはさ、水の王にね、おれはなりたいの。いま、おれとおれの同僚の万波くんってやつといろいろ計画してるんだ。でもね、これも秘密だよ？　ははははっ」

水道屋は明るく笑ったけれど、彼がほんとうに笑っているとは新月には思えなかった。色つきの眼鏡の奥の彼の目は焦点がいつも微妙にずれていた。

おなじ大学だったという誠慈青年と水理学や薬学のことを話しているときだけは水道屋の表情はほんのすこし和らいだ。水道屋はいろんな学問を学んでいた。獣医学や疫学のことにも詳しかった。そして彼は大きな口を開く。

「おれの夢はね。ひとを喰いたいってことなのよ。あ、それって勿論カニバリズムじゃないよ。あくまで比喩的にね。ほんとにひとを殺しちゃうとかはね、しない予定。ま、明日なにがあるのかは神様にも仏様にもわからないけどね」

水道屋の言葉に新月はいつもはらはらした。宗祖や、幹部の〈日知離〉たちの耳に入ったら、と。しかし〈日知離〉である幹部たちは何故か水道屋に友好的だった。施設の通路で彼らとすれ違うとき、水道屋はいつも満面の笑みを浮かべ、迷彩模様の作業服の腰に巻いたベルトの包みから菓子や煙草を取り出し、あの妙にひとのこころに懐かしい気持ちを抱かせる表情で、さっと彼らに手渡すのだった。


過去の話を続ける新月がふと口を閉ざしてうつむいたとき、久雨は新月の髪をなんとはなしに眺めた。光があたっているようにきらきらとすべらかな髪をしていることに少し驚いた。長い前髪に隠れていたせいでいままで気がつかなかったが、新月は整った顔立ちをしていた。しかし彼は巧妙にそれを隠していた。新月の生い立ちを考えると、彼は幼いころからその術を身につけていたんだろうと久雨は思った。それでも久雨は新月に尋ねた。

「あなたは水道屋さんのことが好きだったんですか」

新月は窓辺に凭(もた)れ、顔をあげると夏を待つ澄んだ空を遥かにみあげた。

「そうだね。彼に憧れのような気持ちを抱いていた。僕とは違う、自由な身振りを彼から受け取ったから」

新月は自由に似た、けれど決してそうではない浮世離れした雰囲気と、ある種の生きづらさのような気配を身に纏っていた。

「僕は広い世界に出たかった。彼なら僕を連れ出してくれるんじゃないかと、淡い夢をみていた」

「でも、違ったの？」

「それよりもっと現実的な問題が僕を待っていた」


教団には新月よりずっと年上の信者が多くいた。新月のように最初から教団で生まれたのではなく外の世界からやって来た幾人かのことだ。彼らの一部は教団の幹部でもあった。彼らは新月が宗祖の息子のひとりである（とされていた）ことから、血の純潔という古来からある王制への妄信的な憧れを新月に抱いていたそうだ。宗教というものは信者にとって超自然的なものであり、神秘的であり、認識不可能なものごとなのだ。心酔すべき基準を血統に託すことは、信者たちの気持ちを水が流れるようにずっとあるべき場所に落ちつけたのだと思う。それでもなお数名の信者たちは新月がほんものの〈能力〉を備えているのかを、実際にみてみたい、確信を持ちたいと思っていたらしい。

宗祖もそのことをわかっていた。宗祖個人としても新月が自分の後継者に相応しいか、試してみたい気持ちもあったのだろう。なにしろ彼の後継者となるべき、彼の血をひく子どもは新月以外にも大勢いた。新月はたまたま〈日知離〉とされていたが、宗祖は慎重だった。選り分けた子どもたちを、更に選別する必要があり、彼はその機会を探していた。


宗祖が教団を続けていくために次第に非合法な手段に出るようになっていたことを、そのころの新月はしらなかった。勿論そのことを調べ、教団からマークされるようになった吉行弁護士のこともだ。

ある日、いつものように新月が勉強を教わりに誠慈青年のところにいくと、彼は膝を抱えて冷たい床に座り込んでいた。

「あの……」

新月は躊躇いがちに彼に話しかけた。

「具合でも悪いんですか」

誠慈青年は顔をあげると、朧気な笑顔を作った。そして新月を手招きして、隣に座らせた。

「今日、御方さまに呼ばれたんだ。命を受けたんだよ」と誠慈青年はいった。

「また、印をいただいたんですか」

「うん、……というより、ね……」

コンクリートの床は冷たかったが、誠慈青年の隣に座ると殺風景な部屋もすこしだけ温かく感じられた。新月が誠慈青年をみあげると、彼はさらりと長い前髪を揺らした。

「教師になるのが夢だったけれど、もっと勉強したくなった僕は大学院で薬学を学んだ。化学式を書くのも割と得意なんだ」

誠慈青年は傍らに置いた鞄から厚いファイルを取り出した。ちいさな図形とローマ字や数字が書かれた地図のようなものがそこにあった。

「この数字や記号の組み合わせで物質が作られている。いつか君に教えたことがあっただろう？　憶えている？」

新月は頷いた。

「僕たちの身体の組成を変化させる薬物を作ったり、あるいは昆虫や植物を異種交配させることができる物質のために使われる化学式ですよね」

誠慈青年は驚いたように瞳を瞬かせた。

「君はまだ子どもなのにほんとうに頭がいいんだね。みんなのいうとおりだ。そうだね、君は僕とは違う。ほんものの〈日知離〉なんだね……」

それは新月の身体に宗祖の血が流れているという意味なんだろうか。誠慈青年の喉で上下する木の瘤のような隆起を新月は黙ってみつめた。

「今日、御方さまに呼ばれたのはね。この化学式の分子を組み替えて、新しい物質を作り出す化学式を作ってほしいということなんだ」

新月が沈黙でこたえると、誠慈青年は暫く膝の間に顔を埋めていた。くせのない髪が翅(はね)のようにふるえている。きれいな誠慈さん。宗祖はきれいなひとが好きだった。雨や音楽のように、はかなく消えてしまうものだけを愛していた。倫理からなる規範や豊かな知性、すぐれた哲学や、歴史学や文学。彼には太刀打ちできない、彼を疎外(そがい)するものを、それ故に彼は愛していた。

「薬機法によって作ってはいけない、禁じられている薬物があるんだ。でも僕はそのための化学式も書けるし、しかるべき機材を揃えてもらえばそれを合成することも、理論上は可能だ」

誠慈青年の翳りのある横顔を新月は窺うようにみつめた。そのときの彼はしらなかった。誠慈青年は教団がこの後引き起こす無差別の殺害に使う特殊な薬物――のちにそれはwhite washの劇症型ウィルスだと判明する――を開発することを宗祖から依頼されたのだった。

誠慈青年は冬の風のような乾いた寂しげな瞳で新月の頭をそっと撫でて囁いた。

「君だけが僕を信じてくれたね。ありがとう。確かに僕は夢みていたんだ。よりよい世界をね。この世界は不平等だ。多くの富を得るひとと、貧困に喘ぐひとがいる。少しでも変えていければいいと……。いまとなっては僕の気持ちなんて実を結ぶどころか種子も蒔けないけれどね。でも夢を信じていた。それはほんとうだよ……」

誠慈青年に選択肢はないことは新月にもわかっていた。宗祖や選ばれた〈日知離〉に逆らうことはできない。暫くして誠慈青年は立ちあがると、研究室の扉の向こう側に消えていった。

11

教団は少しずつ危険な方向につき進んでいった。それは次第に外部にも伝わり始めた。先に話した吉行弁護士の話に戻ろう。吉行弁護士が一見関わりを持たない幾人かの失踪者の行方を調べ始めてから数年が経った。だがここから先は吉行弁護士の個人的な話だ。

あるとき彼は妻の様子がおかしいことに気づいた。彼が家に戻っても、ぼんやりしていたり、食事の間にため息をついたりするようになった。彼と妻のあいだには子どもがいなかった。彼女は子どもがほしかったが、吉行弁護士は仕事に夢中でそのことにはまったく頓着(とんちゃく)していなかった。吉行弁護士自身、子どもはいらない、と決めていた訳ではないが、自然な流れがあるのだろう、とあまり気に留めていなかった。妻もそのことはよくわかっていた。けれどやはり子どもをあきらめたくなかった。忙しい夫を煩わせたくなくて、夫に黙ってひとり、不妊治療を続けていた。だが夫側の協力なしに治療はうまくいかなかった。常々医師は彼女に夫とともに来院してくれといった。彼女はただうつむいた。

買い物に出掛け、赤ん坊を抱いて公園を歩く若い母親をみかける度に、彼女の胸は痛んだ。彼女は誰かに「早く母親になりなさい」だの、「子どもはまだなの？」だのといわれていたのではない。彼女は早くに母親を亡くしていた。父親はやさしかったが、女親のいない生活は彼女を早く大人にさせた。子どもを育てることで、失われた自分の子ども時代を追体験したかった。彼女はすこしずつ痩せていった。深夜、夫の隣で寝ていると、悲しくないのに涙が止まらなくなっていた。夫を起こさないように寝室を出て、キッチンの水を流しながら、彼女は泣いた。明かりが灯（とも）った。振り向くと夫が立っていた。

「どうしたの？」

彼に促され、妻は涙の訳を話した。彼は妻のことを愛していた。妻の気持ちを汲んでいなかったことを後悔した。彼は妻の涙を拭った。それから妻と一緒に不妊治療を始めた。治療はうまくいった。医師が驚いたほどだ。妻は待望の子どもを宿した。妻はまた泣いたが、それはよろこびの涙だった。そんな妻を吉行弁護士は愛しく思った。生まれてくる子どものためにも、自分はいい父親に、子どもの模範となる存在にならねば、と気を引き締めた。彼は一層使命感を強めていった。家族というものを守らなければ、と彼は思った。

父親となる自身の覚悟を背負うように、吉行弁護士はより一層失踪者の案件に身をいれた。その当時黎明期だったパソコン通信を使い、失踪者の話を広めていった。足を使い、関係のありそうな家を訪ね、証言を集めた。少しでも必要と感じれば地方を回ることもいとわなかった。

ふとしたきっかけで吉行弁護士はある集団の噂を耳にした。それはまだ世間的にはあまりしられていなかった新月のいた教団だった。

頭の奥に明かりが灯るような感覚を頼りに吉行弁護士は宗祖の過去を調べた。宗祖は孤児でいつごろからかわからないがある施設にいた。両親や出生のことはどれだけ調べてもわからなかった。彼は十八歳までは施設にいたが、そこを出た後のことは吉行弁護士にも摑めなかった。

施設を出て数年後、彼は突然世の中に現れた。自ら発売した書籍や動画を用い、独自の理論を語り始めた。彼の許にひとが集まり始め、教団が形作られていった。それはあっという間に行われた。まだインターネットなどが普及していない時代である。ある意味では彼は才能があったのであろう。

新月にとって教団が世界のすべてであることはもうしっているだろう。新月にとっての世界は教団のなかだけで、それは動かしようのないことに思えていた。他の信者もそう信じていた。だが思想はともかく、現実はそうでもなかった。ひとはすぐに集まったものの、集団を維持するには多額の資金が必要だった。教団は資金繰りに喘いでいた。ひとが生活するには毎月多くの支出があり、定期的な収入が必要だった。信者の「お布施」に頼ることも多かったが、教団が大きくなるにつれ、それでは足りなくなってきた。そのことに不満を持つ信者も増えていた。ひとは贅沢や享楽が好きだ。宗祖は禁欲を促したが、信者たちをうまく操るにはある程度の娯楽や息抜きも必要だった。宗祖はそのためにはどうすればいいのかをいつも考えていた。後に新月が連れていかれた「旅」もそのひとつであった。

教団では基本的に結婚は認められなかった。しかし高い地位にある「日知離」と呼ばれる何人かだけは極秘に内縁の妻を持っていた。先に話したユリのような「妃姫（きさき）」と呼ばれていた女性は大抵誰かの愛人だった。格差を作ることが、集団生活を営む上で必要不可欠なことであった。

しかし問題はそこで生まれた子どもたちをどのように養育するかであった。教団が大きくなるにつれて、生まれてくる子どもも増えた。子どもたちは出生届を出されず、従って戸籍も持たなかった。当然就学年齢になっても教育も施されない。

吉行弁護士はそのことを突き止めた。これまで教団の信者となったのは成人した男女で、倫理的に問題はあるのかもしれないが、警察が動くことはなかった。けれど戸籍のない子どもが大勢教団のなかに匿われていることは、法的に許されない。

この事実を証明できれば、と吉行弁護士は思った。教団を摘発できる。

誠慈青年が去り、新月はまた独りになった。そんな新月のこころの隙間に水道屋は春の日だまりのように温かく入り込んできた。水道屋といると、新月は強ばっていた身体がそっと弛緩してゆくのを感じた。水道屋の乾いた笑いが彼を落ちつかせた。水道屋は小動物を懐かせるように、辛抱強く、柔らかく、新月に近づいてきた。

あるとき、水道屋はヴィデオを持って新月の許にやって来た。彼は教団には内緒でモニターのある部屋に新月を誘い、新月に記録映画をみせて歴史のことを教えたりもしてくれた。それは砂漠で兵士たちが銃を持って敵をひとりひとり殺していく映像だった。

「どう思う?」と水道屋は新月に尋ねた。どんなこたえが彼を満足させられるのかわからなくて新月は口を閉ざしたままだった。

「これはね、いわば白兵戦と呼ばれるものだ。広くいえば十五年戦争の神風特攻隊も一種の白兵戦だろう。でもね、白兵戦には意味がない。敵をひとりひとり殺すなんて、効率が悪すぎる。そうだろ? 虫を殺すときだって一匹ずつ潰していかないだろ? 殺虫剤を使うじゃない。まして、人間は抵抗するしね」

人間は抵抗する。確かにそうだ。でも僕は無抵抗だ。なにから? なにもかもにだ。ここにいること。生きること。これからのことがすべて、僕は選べない、黙ったまま新月はこころで呟く。

「どうしたらひとは抵抗をやめると思う?」水道屋は聞いた。新月は用心深く、小さい声でいった。

「恐怖、だと思います」

水道屋は指を鳴らした。一匙の滑稽な演技を新月は感じる。

「さすがはちいさな日知離さま。そうだよ、ひとは恐怖の前では手も足も出ない。実際の痛みよりも、痛みが来るという予兆をひとは恐怖の対象にする。よくわかったね」

褒められている訳ではないだろう、と新月は神妙な表情を崩さなかった。水道屋は続ける。

「特攻隊が敵を殲滅させる確率はほんの僅かだった。たいていの場合、敵機に体あたりする前に迎撃され、いわば〈鉄の棺桶〉と呼ばれる状態で絶命したといわれている。でもね、特攻、いわゆるカミカゼね、それはそれなりに効果はあったんだよ。何故かわかる?」

新月は首を振る。

「怖かったんだよ。アメリカ人は。彼らだって戦争をしに来ていることはわかっている。戦いのなかで命を落とすことになる可能性だって理解して戦地に来ている。しかし彼らが海上に浮かぶ大きな駆逐艦に乗船しているとき、突然小さな飛行機が空の彼方から飛来してくる。彼らはそれが自分らのいる駆逐艦を単身で襲撃してくるなんて思わない。その小さな飛行機には生きている人間が乗っている。でもその生きている人間は、彼らの乗っている大きな鉄の塊に体あたりしてくるんだ。当然飛行機に乗っている人間は死ぬだろう。何故だ？　と彼らは思った。自らを砲火に包んでまで、我々の駆逐艦を火の玉にしたいのか？　と彼らは思う。それはほんとうに国や家族や友人を守るために必要なことなのか。命令に従うことが？　とね。その攻撃に対して、そうだね、雲の隙間から不意に現れる小型の飛行機を事前に察知することはほぼ不可能だ。死ぬことを畏れない敵からは逃れられない。そのことに敵は恐怖した。キリスト教圏では自殺は罪だしさ。特攻という手段はドイツでも考えられたんだ。でもヒトラーは乗り気じゃなかった。ホロコーストによって数えきれないほど大勢の人間を殺害したヒトラーだったけれど、彼もまたクリスチャンだった。自死には強い抵抗があったらしいね。でも、まあ日本軍が考えた戦略も限界はあったさ。日本は一九四五年にポツダム宣言を受け入れて降伏して戦争は終結した。日本は負けたんだ」

新月は黙ったまま水道屋の言葉を聞いた。歴史のことはほとんどしらなかった。水道屋は新月に笑いかけていう。

「ねえ、君はカミカゼに乗ることはできる？　自らを犠牲にして、敵を殺せる？」

何故このひとは笑っているんだろう、と新月は思う。

「僕はひとを殺したりしません」

「ほんとうに？　それが君にとって、絶対の敵でも？」

「はい」

新月は睨み返すように水道屋をみた。水道屋はそっと目を伏せる。

「眠りから醒めるとふっと夢を思い出せずに悲しいことがある」水道屋はぽつりといった。

「君がそんな悲しみに惑わないといいけど」

銀色に輝く給水塔のなかに水道屋は新月を迎え入れた。新月は話の行方がわからずに戸惑っていた。そんな新月に、とも自分に、ともつかない言葉を水道屋は囁いた。

「人類共通の恐怖……なんていうと大げさだけどね、それのひとつは、水なんだ」

給水塔のなかは暗く、それはまるで暗渠(あんきょ)のなかに流れる水音のように深くひそやかに新月の耳に響いた。

「誰も気がつかないまま井戸に毒が撒かれている。透明で綺麗な水にみえるけれど実は汚染されていて、飲んだら、死ぬ。咳をひとつ。呼吸はそれきり。ひとは水なしで生きられないから、水に執着し、水を畏れる。狂犬病の患者のように」

新月と水道屋はおなじ方向に隣りあって座っていたので、お互いの表情をみることはできなかった。水道屋は手で輪を作り、そっと息を吹きかける。これから魔術を行うように。

「ねえ、ちいさい日知離さま。こんなことを考えたことはない？　もし東京の上水道になにか異物が混入され、濾過の仕組みを通り抜けて、家庭の蛇口をひねると迸る水が汚染されてしまったら？　それはテロとはいえないか？」

水道屋の陽気な目を新月は盗みみた。闘鶏を待つ軍鶏のような血走った目だ。

「我々は待っているんだ」

種を蒔くように水道屋はいう。それらが芽を吹き、殻を破るのを待ち続ける潤んだ瞳で。

「水道の蛇口に手が届く日をね」

教団は理念を全うするため新たに信者を集めることにした。あまり宗教に興味がない、ごく普通のひとびとにも手を広げることにしたのである。資金調達が目的であった。しかしあからさまに宗教だとわかるとごく普通のひとは警戒する。宗祖と選ばれた幹部たちはひと集めのためにどうすればいいのか協議を重ねた。そして出した結論は、ごくありふれた、誰でも参加できるような講習会を開くことだった。理念の前に、まずひとびとを安心させ、教団にこころを開かせることを目的とした会だ。日知離たちはいろいろと策を練った。親しみやすい名目の講習会の会場には飲み物や軽食などが用意され、花や音楽で明るい雰囲気が作られた。信者たちは教団の独特な服装を脱ぎ捨て、おしゃれな衣装に身を包み、穏やかな微笑みを浮かべ、ひとびとを招いた。そこはまるでパーティーのようだ。

幾つもの講習会を開いた結果、いちばん効果があったのは断捨離のセミナーであった。ひとはこころの奥ではいろんなものを欲している。お金、車、瀟洒（しょうしゃ）な家、時計や宝石などのアクセサリー。街を歩いても、雑誌を開いても、世の中にはひとびとがほしいものがあふれている。しかし現実に自分のほしいものをお金の心配もなく手にすることができるのはごく限られたひとだけだ。

「なにもかも捨てよう。解放されよう。そうすることであなたは絶対の自由を手にすることができるだろう。それはやがて世界を、人類を救うだろう」

教団はそう唱えた。そのメッセージは若者のこころに届いた。セミナーに来た者たちはモノを売り、それで得たお金を教団に渡した。いままで抱いていた、家柄や学歴や容姿や職業や、世の中で上位とされている価値観から受けていた差別を、恨みの感情を、すべてのモノを捨てることではね返せると信じた。そのためなら自分の抱えているものを売り、手にしたお金を教団に手渡すことが気分よく感じられた。それは裏返すと劣等感を売ることだった。コンプレックスから解放されたことで、彼らは他のひとびとよりも上位の人間に変化したような感覚を得た。それは激しい快楽だった。

何もかも捨て、家を出る者たちに、教団は快く住む場所を提供した。幼いころから新月が住んでいた山奥の施設である。すべてを捨てたばかりの者たちは、気持ちが高ぶっているため教団の唱える人類の救済という、冷静になってよく考えれば安易なテーマにも深く感じ入ることになる。何故ならどんな人間であろうとひとは誰かに必要とされたいし、なにかの役に立ちたいと思うものなのだ。特に所持品をすべて処分し、意識が高揚し、自分がすっかり浄化されたと思っているときはそう感じやすい。教団はその感情を利用した。

それはかつて新月の舌の上で転がっていた甘い石の礫だった。〈日知離〉たちの囁く言葉の甘さはひとの思考を停止させるには充分だった。しかし教団に入信し、暫く経ち、それが日常となると、宗祖の教義や教団そのものの在り方に疑問を覚える者も現れた。宗祖は教義に従わせるために、医学や薬学の知識のある幹部らに違法な薬物、つまり一種の麻薬を作らせ、教団から抜け出そうとする者に使用し始めた。それでも効果のないときには暴力を用いた。窓のないコンクリートの部屋に閉じ込め、身体を拘束し、暴力を用い罵倒し、人格を否定し、こころにも身体にも深い傷をつけた。部屋には下水処理施設がなく、拘束された者は自由な排泄すらままならなかった。

こうして教団に否定的な考えを持つ者は徹底的に自己肯定感をさげさせられた。しかしやがて〈日知離〉のひとりが現れ、こういうのだ。

「これであなたの穢(けが)れは浄化されました。俗世のことは忘れなさい。我々と人類を救済する道を模索しようじゃありませんか」

その単純なメッセージは繰り返し、繰り返し、壊れたレコードのように新参の信者たちの耳に届けられた。彼らは心身ともに疲れ果てた。恐怖も勿論あった。彼らは投げ出した。

両手をあげて、降参の姿勢をみせれば信者たちはやさしかった。彼らは疑いを持つことを忘れることにした。そのような過程を経て新しく加入した信者たちは〈日知離〉たちの言葉に従うようになった。

「物事を論理的に考えるのは、結構しんどいしね」と水道屋は言った。

教団の存在にいち早く気づいたのは吉行弁護士であることは既に述べた。危機感を抱いた吉行弁護士は、×県にある施設の場所をパソコン通信で公表した。教団がセミナーなども行い、信者を集めていることも同時に発信し始めた。

しかし人権上の問題から戸籍を持たない子どもがいることは伏せていた。

吉行弁護士の告発は、警察をはじめ、新聞やテレビなどのマスメディアも黙殺した。宗教や思想、信条の自由は憲法で保障されているからだ。実は公安はひそかに教団を泳がせていたのだが、それが吉行弁護士の意識にのぼることはなかった。彼は勇敢ではあったが、無防備でもあった。かつて彼の上司が彼に告げたように「人生最良のときを棒に振る」危険性を彼はまったく感じていなかった。その純粋さを教団は畏れたともいえる。

吉行弁護士はあきらめなかった。その熱意の結果、少しずつではあるが宗祖の教団はカルトではないかと訝る声が、世間に広まっていった。情報はつながり始めた。吉行弁護士の地道な調査が実を結び始めていた。ひとびとが集い、小さな、しかし確実な波が押し寄せようとしていた。

そのころ教団のなかに一度流れ始めた不穏な空気は川の中州に淀む泥のように音もなく固まっていった。信者たちはこの教団が、我らの宗祖がほんとうに世界を救えるかどうかを、実際に目でみたい、体感したいと思い始めた。

教団の維持と安定のため、〈日知離〉たちは宗祖に吉行弁護士の殺害を申し出た。宗祖は黙ったままだった。〈日知離〉たちはそれを承諾と受け取った。

自分たちとは違う異分子をみつけ、それを排除する。叩きのめす。誰かの大切なものを壊す。無差別に破壊する。それは自らの得にはなにひとつならないのだが、人間は他者が不幸になると快楽を抱く生き物なのだ。自らを批判する人物を、自らの手で殺す。正義の鉄鎚を下す。集団を統一するにあたって、それは巧い方法だった、と新月はいまでも思う。宗祖の使い手たちは吉行弁護士の殺害の「旅」に新月を同行させることを宗祖に頼んだ。

〈日知離〉たちは新月に〈能力〉があるのか、新月がほんとうの〈日知離〉で、宗祖の血をひいているのかを実際に確かめてみたかったのである。それにはうってつけの機会だった。

信者たちと過ごした数年間、誠慈青年と水道屋の他に新月は殆ど誰とも口をきかなかった。怯えていたからである。目を閉じるといつも深い沼がみえた。眩暈の甘い石の匂いが新月を包んだ。引き出しのなかのちいさな世界を思った。まだ少年だった新月は共同体から逃げ出すことができなかった。一生、自分はこの教団のなかで、誰も信じることができず、恐怖に支配されて生きていくのだと思っていた。しかし突然森の外に出ていくこととなった。それは春まだ浅い、渡り来る鳥の姿もまばらな夜のことだった。

12

また原発事故が起きた。本格的な事故だ。いのちなき砂が零れるようにそれは立て続けに起きた。最初は、かつてソビエト連邦のなかの共和国で偶発的にそれは起きた。前世紀には世界を巻き込んでの戦争があったことは承知の通りであろう。ドイツではホロコーストが起こり、おなじことはソ連や共産主義の中国における絶滅作戦、例をあげるにはあまりに数多くの大量殺人が、世界のどこかでいま、この瞬間にも起こっている。それを民族浄化と呼ぶか、虐殺と呼ぶか、あるいは聖戦と呼ぶかは、その主体、いわば組織を作る上で中心になるものによってのみ許されており、殺される側に選択肢はない。それを止めるのは核の使用のみ、という意識が共有され、核を所有する国は多くある。核は安全になったのか？　こたえは否である。原発事故は回避することが難しくなり、先に述べたように偶発的に、繰り返し起こるようになった。原発事故は稀有なものではなくなった。それを慢性的な人手不足のせいという者もあれば、技術的なミスの積み重ねが原因、という者もいる。しかしその理由はどうあれ、事態を収拾することが政治家の仕事である。事故はすでに起きてしまった。原因を究明するのは後回しだ。まずは彼に電話を、と誰かがいう。被害が広がらないうちに、と。

そして彼のスマートフォンに通知が来る。「仕事か……」と彼は思う。彼はこの仕事を担うことで「生かされて」いる。彼の自由はそのような種類のものであった。

原発事故の場所は秘されているが、かつて教団が資金援助を受けていた共産国のひとつであることは確かだ。彼はスマートフォンを操り、情報を収集する。原子力発電所の制御棒は役に立たず既に炉心が溶融し、鉛で蓋をした天井は脆くも爆発で破壊されていた。技師や作業員たちは爆発前に必死の抵抗を試みた。水を注入しようとし、緊急停止ボタンも押した。しかしその努力は報われなかった。爆発は起こった。彼らは多量の放射線を浴び、死に至った。放射線は周囲に漏れ出し、チェレンコフ光がきらきらと放たれた。被害は甚大だった。だがそのことを政府は公表しなかった。偏西風に乗って運ばれてくる放射線を感知した他国も同様だ。彼らは秘密裏に事故を起こした国の幹部に連絡をとり、情報を求め、その結果、公的な機関で働いている自国民を避難させたが、その者たちにも一切の説明をしなかった。政府のごく一部の人間をのぞいて、事故の全容は誰にもしらされなかった。当然、マスコミにも公表されていない。政府はすべて極秘に情報を操作した。そして自分が呼ばれたのか、と彼はスマートフォンを閉じ、服を着替えた。なるべく早く現地につかなければならない。靴を履くと、彼は部屋の扉を閉め、鍵をかけて出発する。彼の目指す先は原発事故現場だ。

事故は繰り返し起こった。紛争地帯では意図的に原子力発電所を攻撃することもあった。各国政府がその事実を伏せた結果、地球上には幾つものひとも動物も住めない場所、いわゆる〈ゾーン〉が作られていくこととなった。

しかし〈ゾーン〉をそのままにはしておけない。事故後の建屋や瓦礫(がれき)などを放置したままでは放射線汚染の被害は続くだけである。誰かがそれを処理しなければならない。

「我々はそのために「アンデッド」を運んでいる、という訳だよ」

大きなトレーラーを運転している若い兵士に、隣に座っている年配の男が話しかけた。

若い兵士は少し躊躇って、言葉を探している。

「それは……、このトレーラーに white wash に罹患した者を積んでいる、ということで間違いないんでしょうか」

「おまえさん、white wash についてどれぐらい知識があるんだ?」

「あまり詳しくは……、なんでも特定の民族が罹患する特殊なウィルス感染症だと聞いたことがあります。感染した患者を救う方法は現代の医学ではなく、殆どの患者が死に至る、とか。しかし特定の民族といってもそれは噂に過ぎず……。政府から正式な発表がされていないので、何処までがほんとうなのかは自分にはわかりません」

「そうだな、厳密には white wash のウィルスに感染し、発症しても患者は死ぬことはない。ただ生きた遺体になるんだ」

若い兵士は戸惑ったように真っ直ぐ前方をみつめ、慎重に運転を続ける。彼らの背後のトレーラーのなかにはその患者たちが載せられている。若い兵士の困惑を悟り、男は神経質にポケットから煙草を取り出し、火をつけた。

「white washが治療不能なのはおまえさんのいったとおりだ。しかし彼らがその後どうなるのかまでしっている者は少ない。つまり、おれのいった生きた遺体がどういう意味を持つのかを、な」

「そうですね」

「しりたいか？」

兵士は口を噤んだままだ。しかし男は煙草を咥えたまま話を途切れさせない。

「white washの症状はまず爪に顕れるという。ピンク色の爪が白くなる。まるでそこに白い雪片が降りたように」

若い兵士は煙草の煙を避けるように少しだけ窓を開ける。

「体温の上昇や器官、あるいは呼吸の具合などに変化はみられないが、身体が次第に強張っていく。関節などに問題はない。神経が侵される。脳のシナプスがうまく働かなくなるんだ。侵された場所は白くなる。どうしてかはわからない――。このときはまだ意識もちゃんとある。肌の一部が白くなった以外にはなにも変わらないように思う。しかし患者たちは日を追うごとに自分の動作が鈍くなっていくことに気がつく。なにかを手に取ろうとしても指先から滑り落ちてしまう。摑めない。起きているのが辛くなる。横たわる。目を閉じる。目醒めることもある。しかしそのまま、永久に瞼が開かないまま、ということも起こりうる。呼吸が止まり、意識を失う。心臓も鼓動を停止する。全身が真っ白になると彼らはそれから変化しない。いったとおり呼吸も心音も止まっている。だが腐敗したり、異臭を放ったりもしない。まるで白いドライフラワーのように、そのままだ。変化しない。生きた遺体となる。それがwhite washだ。老いていようが若かろうが男だろうが女だろうがすべてがおなじ経過を辿る。全身が白く変化した患者を政府は極秘に管理収容していた。戸籍は除籍済みだ。彼らは法的には存在しない人間だ。なにしろ生きた遺体だからな」

男は笑ったが、若い兵士の表情は強張ったままだ。

「自分たちは何処へ向かっているんですか」

「〈ゾーン〉さ。放射線に侵された瓦礫を処理しなきゃならん」

「我々が、ですか？」

「いや、人間には危険すぎる。そのためのアンデッドだ。彼らが働くんだ」

「しかし彼らは生きた遺体なんでしょう？　身動きさえできないというのにどうやって……」

「アンデッドを動かせるやつがいるんだ」

「それは医師ですか？」

「違う。操るのは呪力師だ」

「呪力師――とは？」

「ハーメルンの笛吹きという童話をしっているか？」

「え？　はぁ……。確か謎の男が笛を吹いて子どもたちを連れ去るという……。それがなにか？」

「笛は吹かないがあの呪力師というやつは生きた遺体と呼ばれる「アンデッド」を操ることができる。どうやるのか？　さあな。とにかく〈ゾーン〉にいけばやつが来るらしい。おれたちの仕事はそれを見届けるまでは終わらねえってことさ」

兵士は戸惑ったまま口を閉ざし、男も黙った。会話は途切れた。年嵩(としかさ)の男は煙草を揉み消したが車内に籠ったにおいはお互いの身体に染みついたまま、それから数日間離れなかった。

病んだ犬が残した足跡のように入り組んだリアス海岸に寂寥とした荒地が広がっている。そこに一定の距離をおいて白い防護袋に包まれた数千ものアンデッドたちが並べられていた。ここまでは政府に雇われた兵士や、委託の業者が役を担った。しかしそこは放射線に汚染された〈ゾーン〉である。その場所にいるだけでひとは被曝する。皮膚が壊死し、時間が経てばそれは内臓にも及ぶ。そこはひとが生きていけない場所だった。しかしそこには無数の瓦礫や、被災した建築物が手つかずのままあった。誰かがそれを処理しなくてはならない。

そのための道具としてアンデッドは運ばれてきた。しかしアンデッドは横たわったまま身動きもせず、ただ海からの強い風に吹かれている。

その風に招かれるように一台の車が遠くから近づいてきた。中古のセダンだったが車はぴかぴかに磨きあげられてあり、タイヤは新品だった。

車から降り立った男は防護服を着ていない。ごく普通の黒い服に身を包み、右手に銀の錫杖を持った彼は呪力師だった。左側の手には箱のようなものを抱えていた。その後方にカメラを搭載したドローンがみえた。そこから軍の支部に映像が届けられる。そのことにまったく頓着せずに呪力師は焼け爛れた地面に並んでいる「生きた遺体」を軽く目を細めて眺めていた。男は低い声でなにかを呟いていた。それは彼が「神」から授かった言葉だ。彼が抱えている箱――それはエスプレッソマシンである――から受け継いだ言葉だ。

その言葉が耳に届いたようにアンデッドたちが動き出した。白い防護袋のジッパーを開け、ゆっくりと上半身を起こす。呪力師は言葉を唱え続ける。アンデッドたちは彼の後について、ふらふらと、しかし規則正しい行動を保ち、歩いてゆく。

「あれは生きた遺体……。元々は white wash に罹患した者ですよね?」

安全が確保された場所に造られた建物のなかのモニターにドローンから送られてきた映像が映る。それを確認している兵士のひとりが上官に尋ねた。

「彼らは老若男女、全身が白くなって身動きひとつしないで何年も政府の機密の保管場所に収容されていたのに……。どうして動いているんです? 彼らは恢復したのですか?」

「いや、white wash は基本的には謎のままだ。彼らは恢復した訳ではない。ウィルスが原因とはいわれているが伝播方法も明らかにされていない。ましてや恢復し、元の生活ができるようになった者もいない。white washに一度罹ってしまったら、それでその人間の生は終わりだ。たとえ腐敗することがなくてもな」

「でも彼らは動いていますよ？」

「それはあの男、呪力師の〈能力〉だ。彼だけがアンデッドを動かせる。ここに残された、放射性物質に汚染された瓦礫を処理するために、呪力師とアンデッドは必要なんだ。人間ではだめだ、被曝してしまうからな」

映像のなかでアンデッドたちは黙々と瓦礫をコンテナに積む作業を繰り返していた。生きている遺体は疲れをしらない。

「しかしあの男――呪力師という彼は被曝しないんですか？」

兵士が疑問に思っていることは映像のなかの呪力師に届かない。彼は顔色ひとつ変えず、放射線に侵された場所でアンデッドとともに立ち働いていた。それはいわば政府と呪力師の所属する教団との間で見出された妥協点だった。政府が処理に困っている放射線に汚染された物質の処分を呪力師と教団が請け負う。アンデッドを用いて。その代わり教団はある程度の「自由」を政府から手にする。しかしその「自由」の裁量は詳らかにされてはいなかった。

呪力師がどうして生きた遺体、動かないはずのアンデッドを操れるのかも、教団は口を閉ざしたままだ。政府はそのからくりをなにもしらない。しろうとも思っていなかった。政府はただ汚染された土地が整地されればそれでよかった。

夢の底におりた若い兵士は尋ねる。「あなたはどうやってアンデッドを動かしているのですか」と。その問いに、ただ謡うのだ、と呪力師はこたえる。

「私が――――呪力師が謡うウタはアンデッドを揺り動かし、彼らを蘇らせる」

それは信仰なのだろうか？

古来から預言者がみせる「奇蹟」に業病を癒したり、死者を蘇らせたりすることがあるのはよくしられている。ひとは人智の及ばないことに畏れと、期待や憧れを抱く。

「二〇××年以降、世界各地で原発事故や紛争による原発への爆撃が後を絶たない。破壊するのは簡単だが、原発の後始末がどれほど困難なのかは君だってしっているだろう。作業員は当然被曝する。日本に初めて原子爆弾が落とされたのちも世界の殆どの国は核を捨てなかった。いや、もっと精巧な兵器として使用してきた。大国にとっては小さな国をひとつ消すことなど造作もない。ひとなど幾ら死んでもかまわない。そう断言する政治家も多い。近年、戦争を回避するために核を使うことは容認される傾向にある。核は良くも悪くも軽いものとなった。そのせいか以前は稀だった原発事故も起こるようになった。原子力発電所もひとによって操作されている。ミスが起きることは避けられない。しかし問題なのはその後始末だ。幾ら核を使うことが容易になったとはいえ、原子力による汚染は重篤な被害をもたらす。作業員はいつも足りない。現場は常に人手不足だ。健康被害を訴える者も多い。なにより原発事故自体が機密事項だ。そのために考えられたのが生きた遺体、つまり「アンデッド」に事後処理をしてもらうということだ。彼らは既に死んでいるようなものだし、家族もいない。無償の労働力、つまりは奴隷だ」

　男の声はいつの間にか水道屋へと変わっていた。彼はモニター越しに呪力師として働く新月に話しかける。

「ねえ新月。君が宗祖から受け継いだ〈能力〉をこうして実際に役立てることになってどんな気持ちだい？　ひとさまの役に立ててうれしいかい？」

　新月にその声は届かない。彼はアンデッドたちと黙々と放射線に侵された瓦礫を運び続ける。

「ねえ新月。君はいま、呪力師となり生きた遺体と呼ばれる「アンデッド」を操ることができるよね。科学的にどうやって君がそれを行えるのか、検証はできていないんだが、white wash以外の遺体は待ってくれねえ。みるみる腐敗してしまう。しかも彼らは被曝者だ。遺体となってもなお放射線を放ち続ける。誰かが彼らを埋葬する役割を持たなくてはならない。しかしそれには危険が伴う。ひとは使えない。だから「アンデッド」の登場だ。white washに罹患しない君は呪力師として放射線にも被曝しない。まるでスーパーマンだ。すごいねえ、君は選ばれた人間だよ、新月」

新月は沈黙を守る。自分に科せられた運命をただ受け入れる。それは久雨に出逢うまでの新月の生き方だった。

13

森の木々の芽が淡く甘い香りを漂わす春の夜、吉行弁護士殺害を目的とした数人の信者たちは数台の大きなトラックに乗り、森を出る。信者たちはその行程を「旅」と呼んでいた。

新月は目出し口のついた段ボール箱にいれられ、トラックの荷台に載せられた。

「新月、この旅はおまえの加入儀礼も兼ねているんだ」

ひとりの信者が段ボール箱の外で小さくいう。その声には威嚇が感じられた。新月は縮こまったまま、膝を抱え、うつむいていた。

深い森の奥にある教団から世界に出るのは新月にとって生まれて初めての体験だった。

トラックのなかは真っ暗だった。振動が伝わってきて、新月はトラックが森を出て、遠くまで走っていくのを感じた。夜は始まったばかりだったが、澄んだ空気に満ちた森から離れるにつれ、埃の雑じったざらっとした都会の風がトラックのなかにまで流れてきた。新月の喉の奥が少し痛くなった。どれくらい走ったのだろう。トラックが停まった気配がした。声が聞こえる。ガソリンスタンドで給油をするらしい。

「新月、外がみたいか」

ひとりの男が段ボール箱を指で叩いた。新月は口を閉ざしていたが、トラックの後ろの扉が開く音が聞こえ、森とは違う匂いの風が鼻をくすぐった。好奇心を抑えられず、段ボール箱の目出し口から新月はこわごわと外をみた。そこにはもう濃い緑の木々はなかった。その代わり、新月の視界にはきらきらとネオンサインの輝く都会があった。星、のような、いや、みたことはないが、たくさんの宝石を集めた宝箱みたいな、光、を新月は初めてみることとなった。彼は圧倒された。ガソリンスタンドの向こう側の道路には数えきれないほどの車が走っていた。新月の心臓が強く速く鼓動した。

外の世界、と彼は思った。僕のしらない世界。いや、みたことがある。そうだ、宗祖の持っているエスプレッソマシン。あの引き出しのなかのちいさな世界だ。それがそのまま僕の周囲にある。彼は広い世界に出て、逆にあの引き出しにいれられた気持ちになった。外の世界にはほんとうの神様がいて、僕は引き出しのなかのコマに過ぎない、と彼は感じ、そして宗祖の持つ、こころの恐怖をふと思った。信者に囲まれていても、あの森のなかは小さな世界なんだ。こんなにも世界は広い。青く澄んで、遠くまでみえて、でも彼方はみえない。それほど広い。果てなんか、ない。

トラックの扉は再び閉められた。新月は目出し口から離れ、膝を抱えた。トラックは振動とともに高速道路を飛ばしてゆく。暗闇のなかで新月は目を閉じる。森のなかでも空には星がきらきらと瞬いていたが、いま、自分の周りには星よりも多くのひとがいる。世界には僕のしらない、なにかがあることを、今日、僕は識(し)る。それはまだ繙(ひもと)かれていない、高い塔にしまいこまれた聖なる書物のようだ。

車は夜の高速道路を、ドリフトを交え走っていった。新月は眶を開いて段ボール箱の目出し口から信者たちを覗きみた。彼らは興奮していた。トラックのなかでちいさなランプが灯っていた。教団では禁じられていたアルコールを飲み、胸の悪くなる異臭に変化した息を吐き出した。彼らは大きな声で、笑ったり、お互いを小突いたり、これから行うことを待ち望んでいるようにはしゃいでいた。それは吉行弁護士一家の殺害だ。ひと殺しだ。
新月はまた目を閉じる。信仰とはなんのためにあるのか。ひとを救うとはどんな意味を持つのか。彼はこの数ヶ月でするりと伸びた腕で身体をぎゅっと摑んだ。

教団では皆一様に制服めいた服を着ていたが、いまはそれを脱ぎ、自分の好みに合わせた服を着ていた。彼らは自信に満ちた表情を浮かべ、なにも疑うこともせずに、ただ陽気に未来を待ち望んでいるように新月の目には映った。

少し空気の淀んだ、甘い宵が深まっていく。何処からか紛れ込んだ花片（はなびら）がふわりと舞っていた。その幻影的な印象と対照的にトラックにはよく研がれた数本のナイフやロープの入ったトランクや、殺害のあとに遺体をくるんで運ぶための布団などが積まれていた。

新月でさえもう気がついていた。教団のなかで殺害が繰り返し行われ始めていたことを。

教団の意に背く者、教団の思想に疑問を持つ者は排除され、〈始末〉されていた。もう教団は殺戮（さつりく）や恐怖でしかひとを操れないほど巨大化し、しかしみようによっては脆弱化していた。

新月は誠慈青年に聞いた話を思い出す。ヒロシマに原爆が落とされたことをしったアメリカの核の開発者がことの重大さに罪の意識と責任を感じ、当時大統領だったトルーマンに「私の手は血で汚れています」と訴えると、トルーマンはポケットからハンカチを取り出して、「これで手を拭ったらいい」といったという、真実かは不明な、しかし胸を撲つ逸話を。

信者たちもそのみえないハンカチを所持し、それで血を拭うことを前提にひとを殺め、自らの穢れを浄めていた。戻ることはできないことを、既に彼らはしっていた。彼らは一種のヘルタースケルターに乗り込んでいたようなものだった。ぐるぐる回って、底に辿りつくころには、もう……。だから、そう、彼らは突き進むしかなかったのだ。

深夜、トラックは吉行弁護士の家についた。夜の静寂を壊さないように音を立てずに車を停めた。玄関に歩み寄った信者たちは、苹果の芯を刳り貫くように器用にドアから鍵を取り外した。新月は驚いた。そんなことができるなんて、と息をのんだ。教団のなかで軍事教練が行われていることを新月はしらなかった。現役の警察官をはじめ、自衛隊員、あるいは防衛省出身者が複数人、教団に入信していた。彼らは実践的な訓練を受けていた。

感情を露わにすることなく、信者たちに殺戮の技術を教示した。元々優秀だった信者たちはすぐにそれを受け入れた。今夜「旅」に出たのはそんな選ばれた信者たちだった。

真夜中の気配は強く、辺りはしんと静まりかえっていた。何故だろう、まるで演劇のようだ。暗闇のなかに観客がいて、息を殺してじっと舞台の上の我々を観ているような、不自然な静けさだった。

信者たちはどういう訳か新月を段ボール箱にいれたまま、幾人かが背負って吉行弁護士の家に運んだ。ゆらゆらと揺られながら新月は目をぎゅっと閉じていた。怖かった。

彼らは暗闇のなかでも迷うことなく吉行弁護士の寝室に向かったことが新月にはわかった。安らかな吉行弁護士の寝息が、新月の耳のそばで響いた。みえないはずなのに、新月にはなにもかもみえていた。まるで彼の前で映像が繰り広げられているように。新月の瞼の裏に映る、清潔な縞模様の掛け布団から顔を出して眠っている吉行弁護士と、隣の妻。横にあるベビーベッド。その上のからから回るおもちゃのメリーゴーラウンド。

信者たちが吉行弁護士の家の間取りを把握し、事前に周到に用意していたことも、新月にはわかった。

信者たちは寝室のドアノブをゆっくり回し、なかに入った。吉行弁護士は目を覚まさない。段ボール箱がそっと床におろされた。新月は目を開け、段ボール箱の目出し口から部屋のなかを覗いた。さっき目を閉じてみた映像通りに、ベッドがふたつ並んで、男のひとと女のひとがすやすやと眠っていた。女のひとの隣にはピンク色のベビーベッドがあった。まるで催眠術でもかけられたように、吉行弁護士夫妻の眠りは深かった。

信者のひとりがきらりと光るダガーナイフを取り出した。新月の目に信者がベッドで眠っている吉行弁護士の首をダガーナイフですっと切る行為が映った。ハイスピードカメラの映像のようにゆっくりと、しかしはっきりした行為に新月の目には映ったが、実際にはあっという間のできごとだった。新月は思わずちいさな声を出した。ナイフのせいではなく、新月の声に気づいたように吉行弁護士が目を覚ました。だが既に遅かった。新月が段ボール箱の目出し口からみる吉行弁護士の首はざっくりと切られ、血が泉のように噴き出ていた。彼は声を出すこともできず、ふるえながら両手を宙に浮かせていた。

信者たちの表情は変わらなかった。畏れに身をふるわすこともなかった。それほど短い時間でそれは行われた。吉行弁護士は最後のちからを振り絞って起き上がった。なにかいおうとしていたが、喉を切られているので、ただゴボゴボと血が流れ落ちるだけだった。物音に目を覚ました彼の妻の顔が瞬間的に恐怖に凍りついた。彼女は咄嗟に生まれたばかりの赤ん坊をベビーベッドから抱き上げた。

信者たちはその様子をみて、初めて表情を変えた。それは楽しそうにみえた。

これはひと殺しの旅であることをしっていた新月だが、目の前で繰り広げられた殺戮という、初めてみる残酷な光景にこみあげてくる胃液を抑えるのに必死で、信者たちが段ボール箱に自分をいれたままにしてくれたことに感謝したほどだ。ひとの身体から鮮明な赤い血が迸る、その零れる生命の果実。こときれる瞬間の、刹那のまなざし。それはみてはいけないものだ。みる者を壊してしまう。新月は止まりそうな呼吸をなんとか振り絞る。

吉行弁護士の荒い呼吸が、口から漏れる苦痛の音が、嗚咽のように激しくなり、切りつけられてぱっくり開いた首の隙間からあとからあとから血が流れ、そして呼吸音がゆっくりと鎮まってゆく。それでも真っ赤な血は生命を訴えるようにあふれ、止まることはない。ひとの身体にこんなに赤い血がとどまっていたことを新月は初めてしる。感情が昂って新月は泣きだした。激しい雷雨に打たれたように涙があふれて止まらない。

しかし信者たちは満ち足りた表情を浮かべている。よい匂いの香水を耳朶につけたように。

新月は涙で真っ赤に充血した両目と胃液に塗れた口許を押さえ、寒さではなく恐怖にふるえていた。彼はパニックになる。呼吸が速くなり、自分の心臓の鼓動が耳許で大きく聞こえた。意識を遮断しようと思う。コマ送りのように綴られる残虐なボードを記憶しないでいようと願う。そのときだ。

「この子だけはたすけて」

その声に新月ははっと目を開けた。おそるおそる段ボール箱の目出し口に顔を近づける。そこには身体を押さえつけられ、まさにいま、殺害されようとしている吉行弁護士の妻がいた。彼女は信者たちが引き離した赤ん坊を恐怖で潤んだ目でみつめていた。

「私はいい。でもこの子だけは……」

信者たちは表情も変えずダガーナイフを妻の首にあてた。そのとき、ベッドサイドの花瓶が倒れて新月の入っている段ボール箱の前に花が散った。それは供物の花のようだった。いつかwhite washのウィルスの話をしてくれた女のひとの足許に咲いていた白い花。夜の川辺の透明な空気を新月は感じた。そして、きっとあなたにも〈それ〉はあるのよ、新月、と彼女がいったことを思い出した。それは暗に、あなたには特別な〈能力〉がある、と告げていた。

そのあいまに吉行弁護士の妻は夫とおなじくあふれる血に溺れるようにことされた。赤ん坊がその場に残されていた。赤ん坊は両親が魂だけになったこともしらず、うっすらと微笑みを浮かべてさえいた。清潔なおくるみのそばにはぬいぐるみのうさぎと、天使を模ったおしゃぶりがあった。信者たちは部屋の片隅に置かれた段ボール箱のなかで身体を硬くしている新月を起こすように足で段ボール箱を蹴った。

「ちいさな〈日知離〉さま。御方さまの血をひく新月さま」

楽しげな声は儀式がまだ終わっていないことを告げていた。

「この赤ん坊をたすけたいですか?」

新月はこたえられなかった。質問の意味もわからない。恐怖でこころも身体もすくんでいた。

「あなたがほんとうの〈日知離〉さま、御方さまの血をひく方なら、この赤ん坊をどういたすのがよろしいでしょうか」

　信者たちは笑いながら赤ん坊のまだすわっていない首に手を掛けた。微笑んでいた赤ん坊は火が点いたように泣き出した。信者たちは新月のいる段ボール箱の前に赤ん坊を掲げた。信者の手が赤ん坊の首に食い込むと、泣き声が次第に途絶え、隙間風のような呼吸音に変わっていく。新月は再び目を固く瞑る。

「この子だけはたすけて」

　はっと新月は目を開けた。聞こえないはずの母親の声が聞こえたことに新月は混乱する。それを踏み躙(にじ)るように段ボール箱がもう一度蹴られ、今度は信者の、現実の声が聞こえた。

「おまえにはこの死にかけた子どもを救える〈能力〉があるのか？　おまえはほんものの〈日知離〉なのか？　御方さまの血をひく、神の化身のひとりなのか？　御方さまのような特別な〈能力〉があるのか？

　もしそうなら、我々の目の前でこの赤ん坊を生き返らせてみろ。できないのならおまえも殺す。〈能力〉のない子どもは御方さまの子どもではない。御方さまの子どもでないなら殺してもいいと御方さまはいっている。殺し方ももう既に決めている。おまえの手足を縛って、そして森の奥の底のない沼に沈める。それがもうひとつのおまえの運命だ」

それは新月が一番畏れていることだった。真っ暗な闇の底。口のなかに広がる汚水と泥。呼吸もできず、声も出せない。唾液に塗れた小石。沼の礫。甘いキャンディに、変換する。

新月は惑っていた。彼は赤ん坊をたすけたいという気持ちより、宗祖の呪いの言葉がこころを摑んでいるのを感じた。ただ恐怖から逃れたかった。祈るように目を瞑る。こわい。こわい。こわい。彼はただこわかった。逃げたかった。そして彼は口を開いた。

「たすけます」と。


「その赤ん坊を生き返らせます」

段ボール箱が開けられた。彼は立ちあがった。窓辺にいる信者たちに歩み寄り、大切な雪の花を受け取るように意識のない赤ん坊を抱きしめた。

あどけない赤ん坊の顔は青褪め、ほとんど紫色になっていた。死に至るのはもう幾許(いくばく)もないようにみえたし、もう死んでいるといわれてもおかしくなかった。赤ん坊は弱い。もしここに救急隊が来たとしても、赤ん坊の命がたすかるかはわからなかった。

新月は死に瀕(ひん)している赤ん坊をじっとみつめていた。女の子だった。新月は赤ん坊の耳許でそっとウタを謡った。そのウタは彼の前で宗祖が謡ったそれだ。誰もその文字を、意味をしりえないウタだった。けれどそれはいつか「二九番」と作ったウタだった。新月に流れている宗祖の血、肉、彼の骨、そして心臓からあふれてくる神謡だった。それは死と再生のウタだった。

「君を連れていくよ」と新月はこころで囁く。紫色だった赤ん坊の頬に淡い赤みが広がっていく。甘いミルクのような吐息が新月の腕のなかでいきづく。ママ、とも、ああ、ともいう声が零れる。

新月に抱かれて数分後、息を吹き返した赤ん坊をみて信者たちは色めきたった。

「あなたは……」

新月と赤ん坊を囲むようにひざまずき、両手を合わせた。まるで戯画(ざれえ)のように彼らはいう。「日知離、なのですか……」と。

後に新月は思う。あのときの不思議な〈能力〉は元々自分自身に与えられていたものではなく、あのちいさこの母親から天啓をもらい受けるかたちで授けられたのだ、と。だから新月にとってその子どもは特別な〈うつくしい子ども〉だった。

新月は謡い続けた。帰らずの森に踏み込まないように。深い沼に沈まないように。礫を甘い菓子に生まれ還らせるように。しかし彼は同時に苦悩していた。正義感や憐れみからではなく、自分が沼に沈められる恐怖から逃れるために〈能力〉を使ったことに浅ましいような羞恥心を抱いていた。

14

吉行弁護士夫妻が教団の手によって暗殺された。しかし長い間、真実が世間にしられることはなかった。赤ん坊はそのまま教団に連れてこられた。宗祖はそのちいさな身体をエスプレッソマシンのなかに閉じ込めた。

そのことをしっているのは新月だけだった。新月はこころで思う。

あの街のなかにあの子はいる。

エスプレッソマシンのなかのちいさな宇宙に。

宗祖の周りにはいつも大勢のひとがいたが、宗祖の本心は孤独を愛していた。教団の施設は広かったが、宗祖は他の者とおなじ場所で寝起きすることはなかった。離れた部屋で、ひとり墨を磨り筆で半紙に漢詩を書いて過ごすことが多かった。

疲れると、エスプレッソマシンの引き出しを開けた。なかには大勢の生きたひとびとがいる。ちいさな宇宙を抱く、彼のエスプレッソマシン。

ひとびとはちいさな宇宙のなかで、我々と変わらない営みを続ける。平凡だが、穏やかな世界だ。

電車が通り、遮断機が上がると、歩いていた人物が突然顔をあげて、宗祖に話しかけた。

「あなたに使命を与えます」

そのちいさな世界の住人の声に宗祖は驚いた。ちいさなひとは白銀の髪と青い瞳をしていた。

「white washのウィルスを使ってテロを起こしなさい。あなたの信者に水道屋がいるでしょう。彼がやり方を教えてくれます。white washのウィルスに侵された死体を東京都下の水源に投げ入れるのです。そうです、水を汚染するのです。水なしでは人間は生きていけません。水を操ること、つまり世界を支配するのはあなたなのです。まだ誰もそれをわかっていません。社会に向かって、ひいては政府、国家に向かってそれを証明しないといけません。あなたは選ばれたひとです。white wash のウィルスはあなたに与えられた最後の果実です。楽園を完成させなさい。世界はあなたのものになりますよ、宗祖」

青い瞳の彼はにっこりと宗祖に笑いかけた。宗祖はそれを天の啓示だと思った。

「私の名前は猿田彦です。テロには私の名前を冠してください。必ずうまくいきますから」

猿田彦テロ事件が起きたのはそれから数ヶ月後のことだった。

15

遥かな海鳴りの底に真珠が眠る。波立つ夢から金子史也（かねこふみや）は目覚めた。窓の外は月や星を天から引き離すように赤く染まっていた。夜明けだ。波音に聞こえたのは史也の家のすぐそばにある大きな公園の木々のざわめきだった。史也はベッドから身体を起こし、シャワーを浴びた。歯を磨きながら、そういえば噴水という建造物をみたことがないな、と史也は思う。彼はまだ十四歳だった。史也はつい最近図書館で噴水をモチーフにした小説を読んだ。しかし彼の周囲に噴水はみあたらなかった。彼が生まれる以前、ことに昭和中期から後期のころ、噴水は公園とセットのようにあった景色らしい。日本が西欧文化に憧れていた証のひとつだろう。しかしいつのまにかそれは彼の周りから消えた。勿論、日本からすべての噴水が消失した訳ではない。しかし、時間は確実に流れている。十四歳の史也は噴水をみたことがない。通学途中にも、遊びにいく繁華街にも。それがいまの彼の周囲の風景だった。〈猿田彦テロ事件〉の後、政府は装飾としての公共の上水道施設をできるだけ排除する政策をとっていたのだが、史也はそのことをしらなかった。

彼の家は古く大きな日本家屋だった。垣根でぐるりと囲んだ中庭には鹿威しがあった。噴水をみたことのない史也の家に、更に古い日本の文化のひとつといえる鹿威しがあるのはある意味では奇妙なことではあった。

鹿威しは一定の速度で竹に水が満ちる。そしてちいさな音を立てて、水は零れ、また落ちてくる水を待つ。その様子に史也のおばがほんのすこし反応する。指先が微かに動く程度だが。

「もうすぐ夏が来るね、おばさん」

史也は庭から摘んできたエニシダの黄色い花をグラスに活けて、おばの枕元に置く。おばの目は開いているが、それは虚ろで、こたえはない。視線は天井の一点をみつめているだけだ。

「クラスに気になる子がいるんだ」

史也はおばの身体にそっとふれ、鼻に挿し込まれた呼吸器の位置を直し、楽に呼吸ができるようにする。エニシダに香りがないのを史也は少し残念に思う。

「あのさ、僕たちの学校には制服がないけど、女子って大抵おんなしような格好してるじゃん？　でもその子、いつも真っ白な服着てるんだ。靴もね、白いんだ。そいでいつもひとりなんだ」

史也のおばは、長い間中庭に面した陽当たりのいい部屋の医療用のベッドに無言で横たわっていた。しかしかつては大手化粧品会社に勤める華やかなひとだったらしい。アルバムを捲りながら父は幼い史也によくこんな風に話をした。

「おまえのおばさんはいま、動くことができないけれど、それでも未来も、勿論いまだってあるんだよ。我々にはわからないが、彼女なりになにかをみているし、聞こえてもいる。だから史也、いつもおばさんがおまえをみていると思いながら行動するんだよ」と。

そんな言葉をこころに浮かべ、史也はおばをみおろしていた。キッチンから史也を呼ぶ母親の声がした。

「あ、やべ。急いで飯食わないと、遅刻しちゃう。じゃ、おばさん、いってくるね」

テーブルの上にはもうすっかり朝食の支度が調えられていて、史也は箸を取って、焼き魚や卵焼きといった和風の朝食をとった。

「いつもおばさんに花をありがとうね」

お弁当箱におかずを詰めながら母親はいう。

「お父さんもいつも感謝してる。史也はいい子ね」

「よせよ。おれ、もう子どもじゃないよ」

「だから、なおさらよ」

母親からお弁当箱を受け取ると、史也は玄関にいって靴を履いた。

「いってきます」

「はい、気をつけて」

史也は家を出る。ふと思いつき、赤いポストを開ける。そこには差出人の名前のない白い封筒が入っている。

少し鼻を鳴らし、史也は封筒を爪の先で千切る。掌に入るくらいの手彫りのハーメルンの笛吹きのフィギュアが収められている。史也は人差し指にちからをいれて、フィギュアをカチリと開く。そこには数粒の石の礫が入っている。

「笛吹きが内側に抱えているのは、生命の再生のための種子です」とタイプされたカードがいつものように入っている。

史也は鞄に封筒をねじ込む。封筒のことは家族の誰にも秘密だった。史也は慎重にポストや電話に気を遣う。健康だったおばが一命はとりとめたものの、もう元のおばではなくなってしまった、あの事件に遭遇したのはもう何年も前、史也が生まれる以前のことだ。封筒が史也の家のポストに届くようになったのはいつごろだろうか。それに気づいているのがおれだけならいいけど、と史也は思う。史也がこの封筒を開けたのはほんの偶然からだったが、咄嗟に彼は家族にこのことを話さない方がいいと判断した。

あの事件の後、史也の家庭の状況は一変した。テレビや新聞や週刊誌、マスコミの取材を一切断っても、ネットに彼らの名前や住所やプライバシーが書き込まれた。史也の出生も一部のメディアに報じられた。家族はなるべく目立たぬように、注意深く生きてきた。

それでも史也は健康的で快活な少年に育った。両親はいつも明るく、温かく、公平な光で史也を照らした。史也のこころのまっさらなノートに暗いスケッチが描かれないようにこころを砕いた。しかし赤いポストの底に白い封筒が忍び込む。どんなにぴったり扉を閉ざしても、闇が訪れた気配は伝わる。それは晴れ渡った空に降る通り雨だ。避けられない。彼らは鞄に傘をいれ忘れ、冷たい滴に濡れてしまう。

しかし史也は元気に教室の扉を開け、クラスメイトと挨拶を交わし、席につく。授業が始まると、史也は斜め向かいの窓際の席に座っている白い服の少女をそっと盗みみる。

今宮久雨(いまみやくう)。

それが彼女の名前だ。

近づいてくる夏の光が眩しい。彼は視線を静かにノートに戻す。風に揺れる少女の黒い髪。若葉のような横顔の、残像が消えない。

チャイムが鳴り、次の授業は生物実験室へ移動してください、とクラス委員が教卓の前でいった。生徒たちは教科書やノートを持って、おしゃべりをしながら教室を出た。

史也はなんとなく愚図愚図していた。ポケットに入っている封筒のせいかもしれない。気がつくと教室には誰もいなかった。まあ、いいか、と史也は思う。史也はまじめな優等生で、こんな風に教室やクラスメイトからはずれることはなかった。史也はもう一度ポケットを探る。この礫はおばさんをあの虚ろな表情から、写真でみたような過去の生気ある姿に戻してくれるのだろうか。おれの掌に包まれたハーメルンの笛吹きのなかに押し込められた数粒の礫は。

爽やかに晴れた午前中だった。太陽はまだ天辺まで昇っていない。手に教科書やノートを持って、もう授業が始まっている廊下をあてもなく歩いた。なんとなくポケットを探ると、スマートフォンとAirPodsに指がふれた。少し躊躇うが、ワイヤレスイヤフォンを耳に差しこんだ。サブスクリプションで拾った音楽が流れた。それは史也をリラックスさせた。たまにはこういうのもいいかな、と史也は思った。いつもと違うことがしてみたかったし、それはある種の予感だったのかもしれない。史也はうつむいた。薄暗い廊下に踊るような光が射していた。史也は顔をあげた。階段の上の扉が開いていた。屋上の扉だ。いつもは施錠されている。どうしてだろうな、と史也は階段を昇った。扉の向こうには抜けるように青い空が広がっていた。

「うぉ……」

思わず声が出る。風は澄み渡り、雲ひとつない空はもう一歩先の季節を呼び込んだように弾ける光を放っている。史也は両手を広げ、のびをする。ポケットの石の礫のことなど、ちいさなことに過ぎない、と思う。思い込む。そのとき、史也の耳に透明な声が届いた。

「どうして自殺したの？」

突然の声に史也は驚いて、辺りをみた。給水塔の向こう側に影が伸びていた。

「誰？」

史也はいった。

「誰かいるの？」

史也はゆっくりと給水塔に足を向ける。そこには白い服を着た久雨がとろんとした目つきで座っていた。

「今宮さん……？」

名前を呼ばれた久雨ははっと顔をあげた。きゅっとくちびるを結ぶと、立ちあがる。そのまま史也のそばをすり抜けようとする。史也は反射的にその腕を摑む。

「いまは授業中だよ。ここにいた方がいい」

久雨は振り向いて、怪訝そうに史也をみた。

「あなた、誰？」

「え？」

史也は少しがっかりする。おれは結構君のこと、気にしてるんだけど、ともいえずにとりあえず史也は自分の名前をいう。

「君の席の斜め後ろに座っている、金子史也だよ。おれ、印象薄いのかな」

「あ、ごめんなさい」

まだ緊張をほどかない他人をみるような久雨の視線を、史也は少し悲しくみていた。

「謝られると余計傷つくんだけど」

久雨は摑まれた腕をほどいて、こっくりと頷いた。それを好意の徴と受け取った史也は久雨に尋ねる。

「ねえ、それより自殺したって、なんのこと？　ほら、さっきいったでしょ」

久雨は睫毛を伏せた。

「夢、みてたの」

「どんな夢？」

「お葬式の夢。黒い服を着た女の子が菫の花束を持って、死んだ女の子のお墓の周りで輪になって歌っているの。それがあんまり楽しそうだから私、黒い服の女の子たちの歌をじっくりきいていたの。そうしたらお墓にいるのは黒い服の女の子たちの妹で、彼女が自殺したらしいってわかった。だから黒い服の女の子たちに、妹さんはどうして自殺したのって聞いたの。そこで目が醒めた」

ふうん、と史也は給水塔の下に腰をおろした。コンクリートの床がひやりとした感触を伝えた。久雨は立ち尽くしたままだった。史也は前を向いたままいった。

「君は自殺したいって、考えたこと、あるの？」

暫くの間、沈黙が続いた。史也は顔をあげた。

「君が、そうなの？　君が自殺した妹なの？」

「どうしてそんなこと聞くの？」

「だって、君、いつも独りだから」

久雨は腕を引っ込め、白い服の袖を手の甲まで伸ばして顔を隠した。隠しきれない頰が真っ赤に染まっていた。史也ははっとして、慌てて立ちあがった。

「ごめん。おれ……。あの、ごめん」

うつむくと、史也の長い睫毛も伏せられた。短い影が床に泳ぐ魚のように、久雨の目の端に映った。

「ごめん」

囁くように、史也は何度もいった。久雨は指の隙間からそうっと史也をみた。半袖の白のパーカにアディダスの紺のパンツ。思ったより滑らかなきれいな肌。長いしわのない首。久雨をみつめる、困ったような黒い大きな目。思春期特有の重たさが感じられない、清潔な印象の男の子、と久雨は思った。

「……よくここに来るの？」

まだ顔を半分手で覆ったたまま、ちいさな声で久雨はいった。その言葉にほっとしたように史也は首を振った。

「初めて。だって、いつもここ、施錠されてるでしょ。君は？」

「私、たまに来る、屋上の扉の鍵、持ってるの」

史也は驚いた。

「どうして？」

「盗んだの」

さらりと久雨はいう。

「え？」

久雨は顔を覆っていた両手を振った。少し表情が緩んだ。

「嘘よ。拾ったの。でも届けないで、内緒でここに来ているの」

「そっか……」

空にはヒバリが旋回するように飛んでいた。ふたりは暫くその羽ばたきを聞いていた。

空気は澄んでおり、紺碧の空に浮かんだ雲が崩れて光が零れて落ちる。校庭に造られた小さな池には白い蓮の花が咲いていた。そして、なによりふたりは少年と少女だった。穢れのない、無垢な白い小鳥だった。

「今度はいつ来る？」

なにげなさを装って、しかし勇気を振り絞って史也は久雨に尋ねた。

「君が来るなら、おれも来るよ。あのさ、前から……。君のことが気になっていた。その白い服とか……」

「服？」

「そう、君、いつも白い服着てるし、怖いんだ」

「なにが？」

「なんていうか……、童話みたいっていうか……、ハーメルンの笛吹きってしってる？　あんなふうに子どもを攫っていくみたいなイメージが浮かんで」

「ハーメルンの笛吹き？　これは？」

久雨はポケットから新月からもらった笛吹きのフィギュアをみせた。史也の顔色がさっと変わった。

「どうしたの？　これ……、何処で手に入れたの？」

思わず大きな声が出た。久雨はびくっと身体を硬くした。かまわず史也は久雨の両肩に手を置き、どうして、と繰り返した。

「いやっ……」

短く久雨が叫ぶと、史也ははっとしたように手を離し、その場にしゃがみ込んだ。

「ごめん……」

うつむいた史也は自分の短く刈り上げた髪をくしゃっと乱した。激しい感情を宥めるように。そして長いため息をついた。久雨は困惑して史也をみおろしていた。史也は決意したようにポケットを探って、掌を久雨に向けた。そこには久雨とおなじ笛吹きのフィギュアがあった。久雨も驚いた顔をした。

「私とおなじ……。どうして？」

「こっちが聞きたいよ」

怒ったようではなく、途方に暮れたように史也はぼそりといった。

「金子くん……、っていったよね。私たち、初めて話すよね？」

「うん」

「でも、なにかが……、私たち。結びついている……みたい……」

「そうだね」

とりつく島もない口調ながら、史也の目は何処かやさしかった。彼は両親から質のいい愛情をたっぷり注がれて育ってきたし、なにもわからないうちから他人を詰(なじ)るようなことをしてはいけないとしっかりしつけられてもいた。

彼は暫く久雨のすべらかに光る髪をみつめていたが、決心したようにくちびるを開いた。

「猿田彦テロ事件、という名称を聞いたことはない？」

「猿田彦？」

久雨の脳裏に青い瞳がきらりと光った。それは久雨の夢に訪れる、久雨を怯えさせた影だ。けれど新月がそれを消してくれた。しかし猿田彦は再び久雨の許に舞い戻った。川に降る雪のようにちらちらと光り、逃れられないよ、と耳許で告げる。初夏の陽射しの下で久雨の身体が小刻みにふるえた。

そんな久雨の困惑に気がつかずに史也は口を開く。

「〈猿田彦テロ事件〉は表立って語られることはないんだ。特殊な事件だから、警察も、政府もできることなら隠蔽しようと思っているくらいに」

「どういうこと？」

ふたりの間にふたつのおなじフィギュアがある。史也は指でフィギュアを開く。石の礫がそこにはある。久雨は驚いた顔をみせる。史也は久雨の掌からフィギュアを受け取り、指をくるりと回した。それはやはりふたつに割れ、なかには石の礫があった。新月はこのことをしった上で自分にこのフィギュアをくれたのだろうか、と久雨は思う。そして何故史也はおなじものを持っているのだろう？　史也は久雨のこころを読んだように話し始める。

「〈猿田彦テロ事件〉が起きたのはもうずっと前、おれや君が生まれるより前のことだ。だからこれはおれの記憶ではないよ。いろいろ調べた末の話だ。ある日、警視庁のトップのコンピュータがハッキングされた。画面一杯に真っ赤な顔と青い瞳をした猿田彦の姿が映った。猿田彦は神話の神だ。彼は警視庁に設置された複数のデバイスを通じて語った。東京都の水道水源となるダムに十三体の死体を投げ込んだ、と。その死体はwhite washという未知の劇症型ウィルスに感染している。そのウィルスによって穢れた水により、多くの人間は死に至るだろう、と。猿田彦はその象徴でもあった。それを行ったのはある新興宗教の教団だ」

「white wash？」

久雨はじっと史也をみた。

「その疫病のウィルスはほんとうに……、現実に存在している病原体なの？」

「そうだよ」といってから、訝しげな表情を史也は久雨に向けた。

「君、white washのウィルスのこと、しっているの？　どうして？　これは警察や政府、一部の生物学者ら、ごく少数の人間しかしらない情報なんだ。だから政府のコンピュータがハッキングされたことより、警察や政治家はそのことに驚いたんだ。white washのウィルスは厳密に隔離・管理されていて、外部に流出することのないように彼らは神経を尖らせていたから」

久雨は新月の話を思い出す。月夜の深い森。ユリというううつくしい女性。遠い過去、異国で起こった不思議な伝染病。彼女が受け継いだ抗体。久雨の口のなかが渇く。意識して久雨はくちびるをほどく。

「white washに罹患したひとは……、ほんとうに白くなるの？　意識を失って、瞳孔さえも……」

授業の終わりを報せるチャイムが鳴った。ふたりの間を切り裂くように。史也はごくりと唾を飲み込む。

「今宮さん……」

さあっと束の間の自由を楽しむ生徒たちの声が耳を掠める。波のように寄せては消える。

「君こそなにをしっているの？」

訝しげに史也は久雨をじっとみつめていた。

「なにをって……」

「うん。あのね、繰り返すけど、white wash のウィルスのことはごく限られたひとしかしらない情報だよ。噂にはなっているけどもね。でも君がしっているのは単に噂ではないみたいだ。それは何故？」

史也に言われて初めて久雨は気づいた。

そもそもあのひとは、新月とは何者なのだろう？

記憶を消されたあの雨の日の午後。夢の底に揺らぐ猿田彦。青い瞳のひとり目の男。新月は彼を砕けた星に変化させ、彼は消え去った。それは久雨と新月だけの秘密だった。けれど消えたはずの猿田彦が思いがけず戻ってきた。この授業のチャイムが鳴るまで言葉すら交わしたことのなかった男の子の口からその言葉は放たれた。誰もしらなかったはずなのに、こんなにあっけなく秘密は破られた。それに意味がないと誰がいえよう?

「今宮さん。今宮さん、聞いてる?」

久雨にふれることのないように気を遣いながら、史也が久雨の顔の前で掌を振っていた。

「君、なにかしっているね? おれがしらないことを……」

久雨は勇気を出して顔をあげ、史也の真っ直ぐな目をみつめる。

「話を聞かせて。私のことを話す前に金子くんの話を聞きたい。私……、もしかしたら金子くんと何処かでつながっているかもしれない……。金子くんとなら私なにかをみつけられるかもしれない。そんな気がするの。だから……」

またチャイムが鳴る。この授業が終わるころには太陽は天辺に昇るだろう。

「何処かいこうか」と史也がいった。

「ここ、いつひとが来るかわからない。先生とか来たら、ちょっと厄介なことになるし。じっくり話したい。大事な話なんだ」

爽やかな風と萌え始めた緑の匂いが久雨を包んだ。史也がそっと久雨の肩にふれ、階下への扉に導いた。久雨は史也の後について歩き出す。久雨は気づいていないが、白い靴はその動きを止めなかった。

16

青い蝶が福弥の目の前にひらりと舞い降りた。差しだした福弥の指に蝶は翅を広げて優雅な動きで、止まる。

「きれいでしょう、福弥ちゃん。それはラージブルーというヨーロッパに生息する蝶なんだよ」

振り向くと、青い瞳を煌めかせて、猿田彦が立っていた。いつか、福弥の許から消えた猿田彦。懐かしさに福弥の胸の鼓動が急に高まる。いつからここに？　猿田彦は微笑んだまま四つの卵を空中に飛ばして、手品師のように交互に両手で受ける。

「でもね、ラージブルーは一九七〇年代にイギリスのある村では絶滅したんだ。ラージブルーはミルミカ・サブレティという蟻のたすけによって成長する。でも人間の起こした環境破壊のせいで蟻がいなくなり、ラージブルーも消えた。悲しい話だろう？」

気がつくと福弥と猿田彦は遥かに広がる草原の真ん中にいる。ラージブルーは踊るようにひらひらとふたりの周りを飛び回っている。

「この牧草がラージブルーの種としての生命を救ってくれたんだ。いまではイギリスの田園地帯の真上で再びラージブルーは空を泳ぐようになった。こんな風にね」

ふたりは草原のなかをゆっくりと歩く。風が緑を揺らす、さわさわとした音に海にいるような錯覚に陥る。福弥は猿田彦が操っている卵をみつめる。

「それはなに？」

「ワクチンだよ。二種類の遺伝子が入っているんだ」

福弥は首を傾げる。

「それをどうするの？」

猿田彦は笑ったままこたえをはぐらかすように告げる。

「僕たちの子どもをヒロイにいこうか」

「子ども？」

卵を落とさないように猿田彦はそっと福弥の髪を撫でる。

「久しぶりの雨とともに訪れた僕たちの子どもは三本辻（さんぼんつじ）の根元に棄ててあるよ。ヒロイの儀式を待っている。ラージブルーの再生のようにきれいな青い翅を羽ばたかせてね」

初めて恋をした猿田彦に再び出逢えて、福弥はよろこびを隠せない。自然と笑みが零れる。ラージブルーに似た猿田彦の青い瞳も柔らかくほどけてゆく。

「福弥ちゃん、子どものヒロイが終わったら、その子は僕たちの子どもになるよ。やさしくしてくれる？　甘やかして、かわいがってくれる？　喉が渇いて困らないようにハチミツ水をいつも水筒に詰めていてくれる？」

福弥は激しく首を縦に振って、何度も頷く。私、あなたのいいつけをいつも守っている。私たちの子どもだもの。大切にする。自分よりも。世界中の誰よりも。

そんな福弥の耳に赤ん坊の泣き声が聞こえてくる。私たちの子ども、と福弥は思う。それは久雨という名前であることも、福弥はしっている。もうなにも畏れることはない、と福弥は思い、指先にラージブルーを止まらせるとそっと瞳を閉じた。

屋上の扉を閉めると、一瞬、闇が落ちた。金子史也は不思議な気持ちになった。以前から今宮久雨のことは気になってはいた。いつか話をしてみたいとも思っていた。だが、こんなことになるとは思ってもいなかった。先に階段を降りる久雨の髪をみつめる。ほどけるのを待つ花の蕾のように艶のある黒い髪だ。白い服によく映える。史也は結んでいたくちびるをふっとほどく。まあ、いいか。なりゆきにまかせよう。史也は気合いをいれるように自分の手で軽く頬を叩く。

辺りを窺って誰もいないことを確かめてから史也と久雨は廊下に出た。足音を立てないように教室の壁に並んだすりガラスの窓の前を通り抜ける。素早く校舎を抜け出す。下駄箱で靴を履いて校門を抜けると、ふたりはほっと安堵の息をついた。

「何処にいく?」

久雨の問いに史也は首を傾げ、少し考えて、提案する。

「東にいこう。東の校区はおれたち西側の校区に住んでいる生徒は通っていないから、顔見知りに逢うことはないよ」

「私、東側の校区の方、いったことない。私、あまり出かけたりしないし、しらない場所にいくこともない」

「へえ……」

久雨はガラス瓶のなかのちいさな細工の船に住んでいるようだ、と史也は思った。

「でも、まあ、そんなものかもね。原宿や渋谷にいくことはあっても、いつもと一本違う道って案外通らないものだし」

太陽は既に天辺に昇っていた。暑い日だった。史也は自動販売機をみつけていった。

「喉渇かない？　なにか飲む？」

久雨は首を振った。久雨はリュックを背負っていた。

「このなかに水筒が入ってる。いつもお母さんが飲むもの作ってくれるの。ハチミツ水。熱中症にならないようにって」

「やさしいね。お母さん」

久雨は曖昧に笑った。彼女はいまや新月の淹れるコーヒーと、母が水筒に詰めてくれるハチミツ水しか飲めない。厳密にいうとハチミツ水も少し苦手なのだが、あまりにも食べないので、久雨はみるみる痩せていった。母を心配させないために、ハチミツ水だけは飲むようにしていた。

史也だけ自動販売機でミネラルウォーターを買い、ふたりは歩いていた。いつもは大勢のひとが行き交う街はまるで廃墟のように寂れてみえた。道をすり抜ける猫の姿すらない。かくれんぼうの時間みたいだな、と史也は思った。いやきっと世界はいまシエスタなんだ。街もひとも学校も葬儀屋すらもみな眠っている。だって今日は南国の夏のように暑いから。

静かな街並みを彼らは進んでいった。東へ。日の昇る方向へ、坂道を踏みしめる。彼らの住んでいた街はどんどん遠ざかっていく。住宅街が続く。道は狭くなる。ふたりは黙ったまま歩く。迷わないように、と願いながら。通りを抜けると不意に視界が開け、大きな公園が現れた。誰もいないその場所には浅いが広い人工の池が造られ、そのなかには噴水があった。踊るように湧き立つ幾筋もの水がふたりをみおろしていた。水は自在に形を変え、その姿はまるでバレエを踊るダンサーのようだ。

「噴水……」

今朝、噴水のことを考えていた史也はその偶然に驚いた。

「こんな近くに噴水があったのか……」

史也は目を細めて水の作る様々な造形をみつめた。

水。

ひとは水なしでは生きられない。

それは飲料としてだけではなく、生活すべてをクリーンにするものでもある。手を洗う。顔を洗う。汚物を処理する。現代人は放射線に汚染された水すら海に流して浄めようとしている。ひとの無意識では水は永遠に清らかなものなのだ。

蛇口をひねると安全な水が、迸る。

しかしその水が危険なものに変化していたら？

それはテロとはいえないか？

動くことのできないおばの姿が史也の脳裏をよぎる。それがダブルダブル、ひいてはアンデッドという隠語で呼ばれていることを史也はしらない。

「それは水から始まったんだ」

ベンチに座ると、史也は話し始めた。

それは既に前世紀となったある真冬の午後に起こった。警視庁と国会議事堂のパソコンがハッキングされたのだ。

パソコンのなかに宗祖を中心とした、幾人かの燕脂色の奇妙な服を着た男たちが映っていた。

「今日から我々が日本を支配することになった。我々はこれを〈猿田彦作戦〉と名づけています。手始めに東京都の上水道を掌握した。確認してほしい」

政府、そして警察関係者はこの集団をマークしていたので、ある程度のことは予想していた。しかし画面が切り替わると彼らは息を飲んだ。

広い体育館のような場所にずらりとベッドが並んでいる。カメラはベッドに近づく。そこには全身が蠟のように白くなった裸の人間がいる。目を閉じている。多分、意識はないだろうと思われる。カメラはまた宗祖を映す。

「我々はwhite washの劇症型ウィルスの開発に成功した。このウィルスは従来のものとは違う。全人類に感染するのだ。ここに映っている患者たちはみなwhite washに罹患し、ダブルダブルの状態になったいわば『生きた遺体』だ。アンデッドです。しっていますね?」

そう、政府がひた隠しにしている、謎のウィルス感染症、white wash。それを、宗祖と、その教団が手にしている。WHOにも数株しか保管されていない。研究も進んでいない、white wash のウィルス。しかしそれに感染するのは特定の民族のみとされていた。全人類が感染するというのは事実なのだろうか。

「繰り返す。我々は white wash のウィルスを手に入れた。そしてさらに強く、致死性の高い完璧なウィルスへと変異させた。我々は東京の上水道に流れ込む水源のダムにウィルスに侵された遺体を十三体、遺棄した。水は white wash のウィルスに汚染され、多くのひとが死に至るだろう。しかし生き残るひとも、少数だがいるだろう。それは選ばれた人間である。この世界に、人類は増えすぎた。あと数年で世界の人口は百億人にまで及び、食料、燃料とともに、まず水の供給に困るようになるだろう。増えすぎたひとを間引く必要がある、と我々は思っています」

「間引く？」

久雨は思わず口を挟んだ。ゆううつそうな顔で史也は頷いた。

「彼らのなかには一種の選民思想があった。宗教にはその傾向が顕れることが多い。すべての、とはいわないけど」

久雨は足許の短い影をみつめた。これまで新月が語っていたことについて、自分はなにも感じていなかった。新月のいうことは何処か遠い国のお伽噺のようで、夢うつつに、気持ちを宙に漂よわせて聞いていた。けれど新月は、私になにか感じてほしかったのかもしれない。なにかを伝えたくて、呪いをかけることにしたのかもしれない。

物思いに耽る久雨の隣で史也の話は続いた。

「とにかくその教団は間引きの手段として水を汚染することを選択した。水が汚染されたらどうなると思う？　それも治療法も、そもそもどんな構造を持っているかもわからない未知のウィルスに汚染された水を、誰が想像できる？」

久雨は首を振る。史也はスマートフォンを取り出す。

「そのときの映像、手に入れたんだ。宗祖と呼ばれるひとだよ。観る？」

みすぼらしい、ともみえる薄手の着物に身を包んだ宗祖がスマートフォンのなかにいる。

久雨はじっと目を凝らした。その瞬間、久雨の身体がびくっとふるえた。思わず声を出しそうになるのをぐっと久雨は怺える。

スマートフォンのなか、宗祖の身体の脇に、いつも新月の店にあったエスプレッソマシンがあった。

引き出しのなかにちいさな宇宙を持った、あの魔法のエスプレッソマシンだ。そのことが久雨をひどく動揺させた。現実が遠のいてゆく。久雨の真っ黒な髪が風に揺れ、さらりと広がる。

「……テロは成功したの？」

「いま、おれや君がいる世界は教団が支配している？」

「……ううん」

「そう。テロはうまくいかなかった。元々政府と警察は彼らの教団のことをマークしていたんだ。泳がせていたんだよ。宗教はある意味政府にとっておいしいエサなんだ。信者たちは一種の思考停止状態にあり、そういう人間は政府にとっては動かし易いんだ。信者たちにも選挙権があるし、思考停止状態の人間は変革を望まない。保守政党にはメリットがある」

史也はスマートフォンのスィッチをオフにする。

「けれど教団はwhite washのウィルスに侵された遺体を十三体、東京の水源のダムに投げ入れた。それは事実だ。東京の上水道の源は汚染された。そのことを都民、あるいは多くのひとびとがしったら大パニックになる。政府はテロ対策班を早急に作り、すぐに手を打った。上水道を止め、水を濾過したんだ。薬品も投入した。テロを起こした教団の宗祖ならびに幹部を逮捕勾留し、教団の活動を停止させた。報道も遮断した。このとき、ちょうど首都圏に大きな地震が起きたんだ。それは偶然だったんだけど、上水道が一時的にストップしても誰にも不審に思われなかった。この事件は政府のトップシークレットとなった。教団には多くのひとが残された。事情をしっていたのは宗祖とその周りの数名の幹部だけで、残りの大勢の信者たちはなにもしらなかった。子どもも大勢いた。出生届も出されていない、学校にいったことも、親という概念もない子どもたちだ」

何処からか雲が流れてきて、太陽の光をそっと遮った。それでも躍る陽射しが久雨の服の上に水玉模様を描いていた。

「金子くんは……、どうしてしっているの？　それは秘密なんでしょう？」

「おれのおばさんが被害者のひとりだった。政府が急いで上水道を止めたり、水を浄化したり、と対策を講じても、やはり被害者は少数だけど出たんだよ。ただおばさんは死を免れた。けれど未だに後遺症が残っている。幸い身体が白く固まってはいないけれど、意識は殆どないし、手足を自由に動かせないどころか寝返りも自分では打てない。食事もね、自分ではとれない。胃瘻ってしってる？　胃に穴を開けてチューブで栄養のある液体を直接流し込むんだ。おばさんはそんな風に生きている。テロのせいだ」

風に吹かれて白いちいさな花が雨のように降ってきた。上水道の轟くような音が急に禍々しく耳にふれた。久雨は確認するように史也に尋ねる。

「そのウィルス感染症はwhite washというのね？」

「うん」

「特定の民族しか罹患しないと聞いていたけど……」

「ねえ、君はなにをしっているの？　今度は君の話をきかせて。あの笛吹きのフィギュアはどうやって手に入れたの？」

史也の目は一重だが、くっきりとして、黒い水晶を思わせた。久雨はその瞳を信じる気持ちになっていた。久雨としても、そろそろ新月に振り回されるのにうんざりしていた。

なにかを変えたかった。

久雨は記憶を辿る。いつか久雨をたすけてくれた女のひとの言葉が頭に浮かんだ。

「私のおじさんはね、ダブルダブルになってしまったの」

それはwhite washのことではないのか？

確か望という名前だった。ダブルダブルの話をしかけたとき、新月は遮った。

「君と僕の物語がかさなりあうのはもうすこし先だ」と……。

久雨は上擦（うわず）った声を出す。

「誠慈青年……、いえ、誠慈さん……」

「え？　誰？」

「誠慈さん、というひとは教団にいなかった？」

史也はスマートフォンをスクロールする。暫くの間、史也は画面をじっとみつめていたが、あっと声を出した。

「うん。white washのウィルスの開発に携わった第一人者が栗原誠慈（くりはらせいじ）というひとだ。でもそのひとはwhite washのウィルスの実験台にされてそのままだよ。まだ何処かの施設にいるはずだ。政府の管理している感染症対策のための施設だ」

新月に逢いにいかなくちゃ、と久雨は思った。そして彼に尋ねよう。

あなた、誰なの？

どうして私の前に現れたの？　と。

そう、新月は私のことをあらかじめしっていたんだ、と久雨は思った。ハーメルンの笛吹きは、いま、笛を吹いている。

17

猿田彦テロ事件は教団にとって最悪の顚末を迎えた。史也が久雨に語ったように教団によって日本は変化することはなかった。政府は強固だった。

教団が東京の上水道を汚染してすぐに警察が教団の施設に踏み込み、宗祖をはじめ幹部の大勢が逮捕勾留された。それは秘密裏に行われ、マスコミにはしらされなかった。

失敗の結果、教団は政府によって解散を余儀なくされた。

教団の信者たちは隔離収容された。戸籍も持たない子どもたちが教団の施設に大勢存在していた。子どもたちは一時的にひとつの施設に保護されたが、その後意図的にばらばらの児童養護施設へと送られた。教団の子どもたちはそれ以外の世界をしらなかったので、初めは他の人間には当たり前の生活に慣れることに必死だった。施設でも、自らの出自をしられないように気を配った。

他の子どもたちとおなじく新月も児童期から思春期を施設で過ごした。しかしどんなに教団から遠く離れても、新月はあの「旅」のことを忘れなかった。自分の良心を裏切った自分自身を激しく嫌悪していた。

大人になり、施設を出るときがやって来た。そこに現れたのが望だった。初めて新月と逢ったとき、望は新月を懐かしそうにみて、こういった。

「あなたが新月ね。しっているわ。おじさんは日記をつけていたの。教団のなかでね。それは教団では禁じられていたけれど。あの世界ではなにかを考えるのは宗祖ただひとりで、他の人間はそれをしてはいけないと強くいわれていた。でもその危険をおかしてまで、おじさんは書いていた。きっと悩んでいたのね。white wash のウィルスの化学式を書きながら、ノートをこっそり千切っては、自分の思いを綴っていた」

そう、望のおじさんとは新月の教育係の誠慈青年だった。誠慈青年の日記を胸に抱いて、望は新月の前に現れたのだ。

「新月、おじさんの日記にね、あなたのことも書いてあった。だからかな、初めて逢った気がしない。ようやく再会できて、うれしいような、懐かしいような、そんな気持ち」

「誠慈さんが、僕のことを？」

「そう。自分の出生のこともしらない子どもたちのことをおじさんはとても心配していた。あなたには少しでも教育を施してあげられたけれど、文字の読み書きや計算や、歴史や、世の中のことをなにもしらず、一生教団に仕えなければならない他の子どもたちをとても案じていた。自分のしていることはほんとうに正しいのか、迷っていた」

新月は誠慈青年との日々を思い出す。「旅」の後、正式な〈日知離〉として、ひいては宗祖の後継者となるべく新たな教育をされ始めた新月に、誠慈青年は隠れて逢いにきてくれた。水道屋も一緒のことが多かった。水道屋は新月になにかしら興味を抱いている様子だったが、真意がわからないまま、事件は起こり、それから誠慈青年とも、水道屋とも離ればなれになった。そんな新月に望はいった。

「おじさんのことを話して」

誠慈青年の日記を、大切な宝物のように、マニキュアで綺麗に染めた爪の先で望はなぞった。

「おじさんはもう以前のおじさんには戻れないから」

望はちいさな箱を開いた。古くなったリボンが入っていた。

「私に残されたおじさんの思い出」

灰色だったあの世界のなかで、僕に唯一色を添えてくれた誠慈さんが、今度は僕に望という支えをくれた。

新月と望という名前。彼らは欠けては満ちる天体のように出逢ったのだった。


いつも夢のなかは水の底だった。福弥は手を伸ばして、ゆらゆらと揺れる海藻や、群れを作って行き過ぎる魚にふれる。透明な水のなかで福弥はいつでも少女で、白い服を着ている。あの日、猿田彦が福弥に贈ったウェディングドレスだ。繊細なレース。花の模様を模った刺繍。重ねられたシフォン。

何度みても綺麗、と福弥は指でドレスをなぞる。ジェリー・フィッシュが歌をうたう。婚礼の歌だ。そう、今夜、月が昇ったら福弥と猿田彦は結ばれる。そのために祝祭の死体がひとつ、またひとつ、と水の底に落ちてくる。殉教の死体である。

「僕たちの子どもは〈死に還り〉なんだ」

遠い波音に交じって、猿田彦の声が福弥の耳に届く。

「一度、死んで神謡によって生き返った聖なる子どもだ。でもその過程で身体の組成がほんのすこし崩れたから、それを癒やすために長い間エスプレッソマシンのなかの世界で暮らしていたんだ」

「エスプレッソマシンのなかの世界？」

「宗祖が大切にしているエスプレッソマシンのなかにはちいさな世界があって、大勢のひとが暮らしている。その世界ではひとはひとの屍体を喰らう。死んだ人間の記憶を引き継ぎ、永遠に生きる。ひとびとはクロノスだ。僕たちの子どもも屍肉を喰らい、生き返る。その行為によって穢れた魂は一度棄てられなくてはならない。そしてヒロイの儀式を行えば、彼女はクロノスではなくなる」

水は澄んでいる。きらきらと太陽の光を受けながら。猿田彦は青い瞳を細めて、福弥に囁く。

「でも気をつけて。屍肉を喰らうことの副反応が起こることがあるんだ。彼女の遺伝子に組み込まれたDNAパターンを変えることがね。もしそうなら彼女は損なわれる。それを防ぐために、いつもこの礫を飲ませて。ハチミツ水にそっと忍ばせてね。これはいわばVaccinationだからね」

福弥はぼんやりとリビングを眺める。夫と久雨の兄がソファに座っている。彼らの前には飲みかけのコーヒーカップが置かれている。

しかしもうふたりは永遠にコーヒーを飲むことはないだろう。彼らの呼吸は止まっていた。

福弥は冷蔵庫からミルクと卵を取り出す。ケーキを作らなくちゃ、と彼女は思う。甘い甘いハチミツのケーキ。久雨に食べさせるために。だって今日は久雨の生まれ変わる日だから。新しい誕生の日だから。

噴水の微かな飛沫の音が交錯する緑のなか、史也と並んでベンチに座っていた久雨のスマートフォンが鳴った。久雨はリュックから取り出して、画面をみた。

「ごめん、まって金子くん。お母さんからなの」

「え？　まずくない？　サボってるの、ばれたかな」

「うん……」

史也に背中を向け、久雨はスマートフォンを耳にあてた。くぐもった低い声が史也に聞こえた。ややあって電話を切ると、久雨は少し青褪めた顔でいった。

「ごめん、金子くん。母がいますぐ帰ってきなさいって……。学校にいないことがわかっちゃったみたい」

「そうか……。どうしてかな。でも、まあ、仕方ないね」

久雨はまだベンチから立ち上がろうとせず、じっと史也をみつめていた。

「金子くん」

「うん？」

「また……、話、聞かせてくれる？　猿田彦という名前が気になるの」

「どうして？」

久雨はうつむいて、軽く爪を噛む。

「まだわからないことがたくさんあるし、いまはこころが混乱しているから。少し時間をもらえれば、私のことももっときちんと話せると思う」

「いいよ。いつでも。だって毎日おなじ教室にいるじゃない。明日だって、逢えるよ」

肩のちからを抜くように、久雨は静かに微笑んだ。絹の布地のような滑らかな空に小鳥が舞っていた。

「ありがとう、金子くん」

「史也でいいよ」

「え……、あの……」

久雨の頬が淡い赤に染まった。史也もつられて赤くなる。

「あ、いやなら別に無理しなくていいよ」

慌ててうつむき、早口でいう史也の手にそっと自分の手をそえて、久雨はいう。

「史也くん、また、明日」

「えっ」

史也は顔をあげる。久雨は手を振る。笑顔がみえる。

「さよなら」

スカートを翻して、久雨はさっと後ろ姿を史也に向けた。

「さよなら。気をつけて」

噴水がさあっと天を衝くようにあがる。一瞬、涼しい風が史也の頬を嬲る。

久雨、とこころで呟く。

それは淡い恋心なのだろうか。史也のこころを音楽のように奏でるなにかがよぎる。つま先で小石を蹴って、史也ははっとする。

ハーメルンの笛吹きのフィギュア。

史也の家に定期的に届けられる。それとおなじものを久雨も持っている。それは何故なのか。久雨は何処で笛吹きのフィギュアを手に入れたのか。

そうだ、なにもまだわかっていない。

でもおれたちはつながっている、と史也は思う。きっと。その思いは史也を強く勇気づけた。

また、明日。

久雨はそういった。

そう、少しずつ、お互いのこころをみせあえばいい。時間はたくさんあるのだから。

けれど史也がもう一度久雨と逢うまでには、彼が思うより時間がかかることを、そのときの史也はしらなかった。


家がみえたとき、久雨は違和感を覚えた。何故だろう？　玄関の鍵を開け、なかに入る。

「ただいま……」

部屋のなかは暗かった。

どうしてだろう。外はあんなに眩しかった。電気が点いていないせい？　でもまだ昼間だ。

ひとの気配を感じて久雨は振り返ろうとした。しかしその途端誰かに腕を摑まれた。後ろ手に捻りあげられ、素早くなにかで縛られる。

叫ぼうとする久雨の口にテープが貼られる。複数の男性と思われる腕が久雨の身体を抱え込み、リビングのソファにそっと置く。両手に続き、足首も縛られる。それが結束バンドであることに気づくが、久雨はまったく身動きがとれなかった。リビングの窓はカーテンをひいた上に黒いラシャ紙で目張りをされていた。しかし久雨はみる。ふたつ並んだひとりがけのソファで父と兄がぐったりと首を垂れて、動かないでいるのを。

久雨は混乱する。なにが起こっているのだろう？

おそるおそる顔をあげて、部屋を見回す。燕脂色の服とおなじ布で顔を隠した数人の男性らしい人物が立っていた。

ふるえながら久雨は部屋のなかに母親の姿を探す。それを待っていたかのように母親の声がした。

「久雨。今日はあなたのお誕生日なの。みんな集まってくれたのよ」

キッチンから出てきた母親の姿に久雨は驚く。母親は純白に輝くウェディングドレスを着ていた。手にはやはり真っ白なケーキを載せていた。

「なにをそんなに驚いているの？　ああ、そうね。あなたの誕生日は今日ではないから？あのね、あなたは〈死に還り〉なの。一度死んで、もう一度生まれ変わったの。そして今日、また生まれるの。だから今日があなたのほんとうの誕生日」

新月の語る物語は虚構だと思っていた。でも今日、史也が話したこと、そしていま母親から聞かされたこと。つながっている。だとしたら。

「そうよ、久雨。あなたは私と猿田彦がヒロイの儀式で授かった聖なる子どもなの」

これは夢かもしれない、と久雨は思い込もうとする。でも、だとしたら、何処からが夢なのだろう。記憶を失ったあの日から、久雨の人生はまるで誰かに葬られたように音もなく暗い夜の底に沈められてしまった。彼女は道標も持たず、バースディケーキの甘すぎる匂いにむせて、そっと目を閉じることしかできなかった。

18

かつてアメリカでアジア・ゲットーにいたユリは教団解散後、身を隠すように古いアパートで暮らしていた。窓辺に置かれたハーメルンの笛吹きのフィギュアだけが部屋に彩りを与える質素な暮らしだった。

「あなたはまだ宗祖を信じていますか」

教団とは一切連絡を断ち、ひっそりと暮らしていたユリの許にある日水道屋が訪ねてきてそう尋ねた。ユリは力無く首を振った。ユリにはもうなにもなかった。生活は困窮していた。着るものにも、食べるものにも困っていた。水道屋は白い花束を差し出した。受け取ったユリはそこに封筒が差し入れられていることに気づく。

「これは……」

「僕の気持ちです。我々の、というべきでしょうか」

水道屋はにっこりと笑う。

「少ないですが、ここよりもう少し眺めのいい部屋を用意します。是非我々の許にいらしてください」

ユリは水道屋をみつめた。手元の花束から澄んだ湖水のような匂いが漂っていた。水道屋はにっこりと微笑んだままでいう。

「あなたは宗祖の御子を身ごもった。しかしその子はいまあなたの許にはいない。神の子どもに逢いたくはないですか」

翳りのある薄暗い部屋でユリは長い髪で顔を隠す。白く肌理細かい素肌は隠せない。年齢を重ねても彼女はうつくしかった。

「あなたはwhite washに罹患しない、特別なひとです」

水道屋の言葉にユリはぎくりと身体を硬くする。それに気がつかない振りをして、ゆっくりと柔らかく水道屋はいう。

「けれどももう一度テロが起こります。そうです。white washのウィルスを使って」

「もう一度あのテロを？」

「あなたは罹患しません。だいじょうぶです」

「私のことは問題じゃない。white washはあってはいけないものよ」

水道屋がユリにと差し出した白い花束に鼻先を近づけて、ユリは睫毛を伏せた。蜜を閉じ込めた琥珀のようなひとだ、と水道屋は思った。寂しげにユリはいった。

「私だけが生き残った……。私はずっと独りよ……」

「あなたが何故生き残ったのか、僕はしっています」

ユリは顔をあげて水道屋をみた。凍りつくような恐怖の表情がそこにあった。

「屍肉を食べましたね」

水道屋は自らの発音を確かめるように、ゆっくりという。微笑みを浮かべながら。ユリは瞳を伏せる。ユリの白い指。ほんのりと桜色の指先。滑らかな長い髪を水道屋は視線でなぞる。彼女は少しも変わらない。それは人類の禁忌を破ったからなのか。水道屋はやさしく囁く。

「だいじょうぶ。エスプレッソマシンのなかに隠れなさい。あなたは浄化され、穢れはうつろいゆくでしょう」

ひとり、またひとりと誘われて、エスプレッソマシンのなかのちいさな宇宙は広がっていく。

19

風が起こり雲が驟雨を呼んだ。太陽のみえない夕暮れが近づいてくる。夏を間近に控えた雨の夕暮れはゆっくりと漂うように灰色がかった紅から薄紫へと空気の色を変えてゆく。夜はまだ遠い。しかし久雨はその風景をみることはできない。彼女の両手両足は縛られ、目出し口のついた段ボール箱に閉じ込められていた。いつか新月から聞かされたように、久雨も車にのせられ、何処かへ連れ去られようとしていた。車の振動で眩暈が襲い、意識が遠のく。少し吐き気もする。車酔いだろう。段ボール箱の目出し口からウェディングドレスを着た母がみえた。いや、彼女は久雨のほんとうの母ではなかった。久雨の視線に気づいた彼女はちいさな声で囁いた。

「久雨。あなたを手に入れたときはほんとうにうれしかった。だって私たちの子どもはヒロイの儀式を得て手にした天子(てんし)だから。あなたはエスプレッソマシンの惑星(ほし)からやって来た、聖なる子どもだもの」

久雨は歓喜にふるえる母をみた。ふっくらした肢体(したい)にサイズの合わないウェディングドレスが纏いついている。いつもより濃い化粧をした母のくちびるは真っ赤に染まっている。

「ほんとうはもっと慎重にやらねばならなかったが……」

久雨を縛り上げたひとりが独り言、とも、久雨に聞かせるようにともつかない口ぶりでいった。

「仕方ない。法務省が動きそうだ。我々は是が非でも宗祖の刑の執行を阻止しなければならない。そのためにも第二のテロは絶対に成功させねばならない」

車のなかはねっとりとした濃厚な甘い匂いに満たされていた。ハチミツの匂い、と久雨は思う。いつも母は久雨にハチミツ水を飲むようにいっていた。

これを飲んでいれば久雨はだいじょうぶだからね、と。

「どうしてお母さんはいつも私にハチミツ水を飲ませていたの？」

「white wash のウィルスのワクチンだからよ。あなたはウィルスに感染してもダブルダブルにはならない。あなたの身体に抗体を作るためにハチミツ水は必要だった。儀式が行われるからね」

「儀式？」

不意に車がスピードをあげた。ダンボール箱に閉じ込められていても重力は伝わる。怖くなって久雨は目を閉じた。

母が目出し口から久雨を覗きこんだ。久雨は瞳を開き、ふたりはみつめあった。母は睫毛を伏せて久雨に自分の話を語り始める。それはいままで母から聞いてきた母の生い立ちとは全く違ったものだった。

「私には両親がいないの。父親はわからないし、母親は私を生み棄てて逃げた。誰にも愛されなかった。生まれた土地を出てから、私は擬態するように生きてきたの。他人の名前を名乗り、他人の家に住んで、他人の人生を生きてきた。あなたが父や兄と呼んでいたひとたちは、私の人生には関わりのないひとだった。あのひとたちは私の擬態の道具に過ぎない。他人なのよ。あなたとは血がつながっていないけれど、私の子どもはあなただけ。猿田彦とともにヒロイの儀式を行い、そしてあなたを手に入れたのよ。私は生まれ変わった。まるで夜が明けるように。世界に光が満ちた。私のほんとうの人生は、久雨、あなたを手にしたときから始まったの」

車が揺れる。スピードとドリフトを感じ、久雨はまた目を閉じる。

私の名前。

いまは子どもが生まれると読み方のわからないような名前をつける傾向があるが、久雨という名前はそれでも珍しかった。この名前をつけたのは誰だろう？

この旅に新月は加わっているのだろうか。

そう考えて、久雨は胸を衝かれる。目を開いて彼女は思いをめぐらす。

今日、史也からきかされた「猿田彦テロ事件」。

いま、私を拘束し、拉致しているのはwhite washのウィルスに感染した遺体を上水道の水源に投げ入れた、あの集団だ。新月が生まれ、育った教団だ。

それに母（実の母親ではないらしいが）も関わっていた。

「お母さんはここにいるひとたちとおなじなの？　世界を変えられると思っているの？」

「猿田彦となら」

久雨はため息をつく。縛られた身体からちからが抜ける。わからない。どうして私を必要としているの？　なんのために、私を拘束して何処に連れ去ろうとしているの？

時間を確認することはできないが、かなりの間、車は高速道路を走っていた。何故高速道路だと久雨にわかったのかといえば、信号で車が停まる振動が感じられないからだ。

猿田彦テロ事件。

彼らはもう一度それを行うのだろうか。母親のいう「儀式」とはなんなのだろうか。

森の奥、夜の川辺で新月が出逢ったユリという、うつくしい女性に久雨は思いを馳せる。あれが寓話でないとすると、新月の母親はユリという女性と考えてもいい。彼女はwhitewashのウィルスの抗体を持っていた。そのためアジア・ゲットーから生還できた。

この車が着く場所は、教団の新しいアジトだろうと久雨は考えた。

新月は教団が起こそうとしている、第二のテロに気がついているのだろうか？　私が連れ去られようとしている場所に、彼も来るのだろうか。

考えても、こたえはみつからない。久雨は深く息をつき、目を閉じた。

そのころ史也は眠れずにベッドのなかで寝返りを繰り返していた。鹿威しの音を数えながら眠りが訪れるのを待っていたが、時計が十二時を回ったころ、あきらめてベッドから出た。何故か胸騒ぎを覚えた。何処かで誰かが自分を呼んでいる声が聞こえる気がした。

彼は服を着替え、そっと家を出た。夏至はまだ先だ。けれど夜は淡い。ニューバランスのスニーカーでひっそりと歩く。夕方の雨が敷石道にちいさな水たまりを作っている。けれど夜空の雲は去り、青い月が浮かんでいた。道の上の水たまりのなかにも月が映っている。実ったばかりの果実が香る初夏の夜だ。

幾つもの庭や門を通り過ぎながら、今日、久雨と話したことを噴水の透明な水音とともに史也は思い返す。久雨の声や、極上の葡萄酒(ぶどうしゅ)のように芳醇に香り、風に揺れていた髪を近くに感じた。

自分のこころはどうしてあの女の子に向かってしまうんだろう。彼はまだ恋をしらない。しかし彼の視線は自然に久雨の姿を追っていた。教室でも、校庭でも。他の生徒が並ぶ講堂でも、久雨の姿を彼はすぐにみつけた。それは恋でなくてなんであろう。

そのとき、不意に悲鳴が聞こえた。史也は振り返った。暗闇の奥で人影が揉みあっているのがみえた。ひとりは女性らしい、と史也は思った。悲鳴はきっと彼女から発せられたのだろう。こんな深夜にどういう事情で若い（だろう）女性が人気のない道を歩いていたのかはわからないが、史也は急いで駆け寄った。

「なにしてるんですか？」

史也の声に女のひとはすぐに「たすけて！」と叫んだ。男が彼女のショルダーバッグに手をかけ、無理矢理奪おうとしていた。酔っている様子でスーツが乱れていた。中年のサラリーマンのようだ。

「いやがっているじゃないですか」

史也がなかに割って入ると男の強い酒のにおいがかかった。

「なんだ、おまえ、まだ子どもじゃないか。こんな夜中に出歩いてなにしてるんだ」

そういいながら男は史也の顔を平手で叩いた。しかしそのせいで女のひとは男の腕から離れ、それを確認した史也は男の足を払った。酔いの回った男はあっけなく地面に転んだ。

「逃げますよ」

ちいさな声で史也は女のひとにいい、彼女は頷いた。そして史也と女のひとは一緒に駆け出した。酔った男は追いかけてこなかった。

男から充分に離れるまで走った後、ふたりは息を整えるために立ち止まった。

「ありがとう。たすかったわ」

「いえ……」

史也は女のひとをみた。硝子（ガラス）を鏤（ちりば）めたように艶めく髪のきれいな女のひとだった。上等なシルクコットンのミントグリーンの夏服を着ている。

「よかったら家まで送りますよ。さっきみたいに絡んでくるやつがいるかもしれないし」

「だいじょうぶ。すぐそこなの。……でもあなた、中学生じゃない？　あなたこそ、どうしたの？」

史也は首を振った。

「眠れなくて」

女のひとはふっと笑った。花が綻（ほころ）ぶような笑みだった。

「そうね。月がとてもきれいだものね」

いわれて史也は空をみあげた。銀の球体がきらきらと夜空に架かっている。

「コーヒーでもいかが？」

女のひとの言葉に史也はえ、と驚く。

「こんな夜中に？」

「コーヒーは意外と眠り薬になるのよ」

女のひとは歩き出した。史也も後を追った。ひとりにしてはおけない。月明かりの道に長い影が伸びていた。女のひとのハイヒールのコツコツという規則正しい音だけが響いた。

街の外れの一軒家の前で女のひとは立ち止まった。ガラスの扉を白い手で叩く。

「新月。私よ。望よ」

囁くようなちいさな声だったのに、なかに明かりが灯り、扉が開いた。黒い服を着た、長い前髪で瞳がみえない、背の高い青年が現れた。

「遅くなってごめんなさい。撮影が長引いてしまって。お借りしていたものを返しに来たの」

「返してくれるのはいつでもいいのに。あぶないよ、こんな夜中にひとりで歩いていたら」

「そうなの。変なひとに絡まれてしまって」

「え？」

「でも、この男の子にたすけてもらったの」

女のひとは史也を振り返った。新月と呼ばれた青年はにこりと笑って史也をみた。あれ、と史也は思う。何処かで逢ったっけ？　不思議な気持ちが湧き起こる。このひとを、おれはしっている、はずだ。でも誰だろう？

「とりあえずなかに入って」

新月は女のひとと史也をなかに招き入れた。史也は少し戸惑ったが、新月の柔和な物腰に誘われるように扉の内側に足を踏み入れた。古い外観と違い、なかは清潔で明るかった。幾つかの椅子とテーブルが並び、コーヒーの香りが染みこんでいた。

「ここは……、カフェですか」

「うん。そうだよ。好きな席に座って。いま、コーヒーを淹れるから」

史也が中学生であろうとなかろうと新月は一向に気にしていないようにみえた。望が史也を手招きして席に座らせた。

「あのね、私はスタイリストなの。主にウェブ関係なんだけどね」

彼女からはいい匂いがした。上等な香水と、大人の女性から漂う自然でたおやかな香りだ。人差し指や小指に嵌められたプラチナの指環や細い手首のブレスレットが眩しくて、史也は少し赤くなる。彼女は史也の気持ちをほぐすように柔らかく尋ねる。

「私は望。あなたは？」

「金子史也です」

背中を向けていた新月はちいさく眉をひそめた。それには気づかず、史也は店のなかを見回していた。間接照明で仄かに明るい店のなかには様々なものが置かれていた。球体関節人形。ガラス瓶いっぱいのキャンディ。フォーチュン・ボウル。エスプレッソマシン。

ふとなにかが史也の目の端を掠めた。史也は視線を戻す。はっと息を飲む。ハーメルンの笛吹きのフィギュアがそこにあった。

史也はそっと新月を振り返る。新月は手際よくコーヒーを淹れながら望と他愛のない話をしている。みつからないように史也は笛吹きをポケットにいれた。

突然始まった真夜中のお茶会だったが、新月と望が気を遣ってくれて、史也はリラックスした気持ちになれた。しかしポケットのなかの笛吹きが、史也のこころにエマージェンシーのシグナルを送る。

夜はゆっくりと更けていった。ようにみえた。しかし微かな異変が起こっていることを新月は感じた。彼は望をみた。

「望？」

返事はなかった。コーヒーカップを持っていた望は朦朧(もうろう)とした目つきを新月に向けたが、カップをソーサーに戻すと、がっくりと首を垂れた。

「どうしたの？　具合が悪いの？」

そういいながら新月も椅子から立ち上がろうとしたが、足にちからが入らず、再び座り込んだ。おかしい、と新月は思う。目の前が暗く、霞んでゆく。地震が起こったような気がするが、おのれの身体が平衡感覚を失っているのだと気づく。意識が遠のく。

その様子を眺めていた史也もおなじだった。ふたりはどうしてぐったりしているのだろう、と思いながら史也の意識もぼうっと乱れ出す。なにかおかしい。眠いという訳ではない。ただ身体が硬直してゆくように動かないのだ。時計だけが時間を刻んでいく。

どれぐらいの時間が経ったのだろう。三人が意識を失ったことを確認するかのように防毒マスクをつけた数人の男たちが店に入ってきた。

「なんでこんな夜中に三人も店にいるんだ？　パーティーでもしていたのかね」

ひとりが呆れたようにいう。どうも彼がリーダーらしかった。彼の部下らしき人物が新月の手足を結束バンドで縛ったあと、彼に尋ねる。

「新月以外はどうしますか？　始末しますか？」

彼は少し考える。どうもややこしくなりそうだが、計画は全うしなければならない。

「いや、ここに誰かが残ったら警察がすぐ動くだろう」

彼は史也の首に手をあてて、意識のない顔をみおろした。

「まずいことにこの子はまだ子どもだ。尚更置いていけないな。面倒だが連れていこう」

その言葉に素早く部下たちは史也と望の身体も拘束した。

「予定外のことはいつでも起こりうるんだな。まあ、こんなことでいちいちうろたえていたらうまくいくこともだめになる。ただでさえ新月は公安に見張られているんだしね」

彼の指示通りに部下たちは新月ら三人を店から運び出し、用意されたトラックの荷台に彼ら三人を乗せた。

「やれやれ。新しい宗祖さまはもう使徒をお持ちとみえる」

新月と望、それから史也をトラックに積み込んだ後、運転席に座った人物は防毒マスクを外した。彼は誠慈青年の友人であり、かつて教団に出入りしていた水道屋だった。

20

トラックが停まった。段ボール箱にいれられたまま久雨は車を降りた。目出し口から覗くとそこは広大な山林だった。闇のなかの黒い木々の葉擦(はず)れの音が聞こえる。信者たちに背負われて暫く進むと急に視界が開け、重機をいれて広げられたと思われる砂礫ばかりの場所についた。そこには古い大きな建物があった。

ホテル?

それとも病院?

久雨は目を細めた。廃墟のように蔦に絡まれ朽ちていたが、以前はきっと優雅な建物だったのだろう。壁や窓を飾っているレリーフがそれを物語っていた。しかしいま、久雨の前に立ちはだかっている建物は他者を拒むように寒々しく、ところどころ鉄骨やコンクリートが剝き出しになっていた。ここが彼らの新たなアジトらしかった。

段ボール箱のなかで久雨は、奇妙な感覚に捉われていた。現実的ではない気分で段ボール箱にいれられたまま久雨は両開きの扉の内側に入った。寂れた外観とは逆になかは綺麗に磨き込まれていた。ワックスや蜜蠟（みつろう）の匂いが久雨の鼻をくすぐった。大きなロビーのような広間があり、廊下の向こうにはたくさんの部屋があるようだった。

「医療施設や幹部用の会議室、ITルーム、それから集会所やレストラン、長期滞在のための宿泊施設もあるのよ」と福弥はいった。「奥には研究室や化学実験室もね。検査にはMRIやCT装置まで揃っているの。なんにも心配しないでいいのよ」

それがwhite washのことなのか、これから久雨に訪れる運命のことなのか、彼女にはわからなかった。

彼らは久雨を段ボール箱にいれたまままいくつもの階段を昇ったり降りたりし、段ボール箱を何度もくるくると回した。久雨に方向感覚を失わせるためだろう。子ども騙しのようなことだと揺られながら久雨は思った。その後、久雨は段ボール箱から出された。

そこは壁も床も白い大理石でできた広い、とても広い部屋だった。中央には祭壇のような白い褥があり、手足を拘束されたまま、久雨はそこに寝かされた。

これまで新月からきいていた話と母の話をつなぎあわせる。自分の出自を考える。きっとそうだろう、とこころで決める。私は教団に殺された弁護士夫妻の子どもだ、と。

やがて新月がここを訪れることも理解する。ただわからないのは新月がどちら側かということだ。

おなじころ、新月は意識を取り戻していた。しらない場所に連れてこられ、手足を拘束されて横たわっていることに気づく。隣には望と史也もいた。新月は縛られた手足をどうにか動かし、ふたりの呼吸を確認した。意識を失っていたがふたりは無事のようだった。新月はほっと息をついた。視線を自分の身体が置かれている場所に移す。硬いリノリウムの床に自分たちは寝かされていた。部屋の中央が微かに窪んでいた。多くの足跡が時間をかけて踏んだ証のように。窓には布が張られ、ガムテープで目張りされている。ちいさなライトがぼんやりとオレンジに光っていた。

固く閉ざされていた金属の扉が横にスライドして誰かが顔を出した。眩い光が新月を射す。思わず目を瞑った彼に懐中電灯を持った男が声をかけた。

「目が醒めたか？」

その声は水道屋だった。あのころと少しも変わらず、アッシュグレイの長い髪を後ろでくくり、腰回りに道具をつけた迷彩模様の作業着を着ていた。

「久しぶりだな、新月。もうすっかり大人になったじゃないか。おれのこと、憶えているか？」

新月は用心深くじっと息をひそめていた。水道屋はそれをわかっているように暗闇のなかで懐中電灯を点けたり消したりした。花火のようにそれは煌めいた。

「おまえさんがあの女の子と接触したのはわかっていたんだ。どうするつもりだったんだい？　我々から守るはずだったとか？」

新月は懐中電灯を持った水道屋の骨張った珊瑚(さんご)のような指をみた。彼は正式に教団に入信している訳ではなかった。しかし彼の働きがなければ「猿田彦テロ事件」は起こりえなかった。水理学や地理、東京の水源をよくしっている人物がいなければテロは決行できなかった。しかし水道屋は何故か逮捕を免れた。水道屋は密かに政府との間をも行き来する特殊な立場に在るのだが、新月にはしる由もなかった。

「でも、まあ、おまえがあの女の子となかよくなってくれて、我々としてはやりやすくなったよ」

新月は注意深く沈黙を守っていた。水道屋は少し皺のよった目を眩しそうに細めた。

「おまえさんは逃れられるとでも思っているの？」

「逃れる？　なにから？」

思わず新月が口を開くと、水道屋は新月が憶えているころと変わらない懐こいような笑みを浮かべた。

「おまえに科せられた運命から、ね？」

水道屋は懐中電灯を望と史也に向けた。ふたりは目醒めそうもなかった。光はまた新月に戻る。

「僕に科せられた運命ってなんですか？　ずいぶん仰々しくきこえますけど」

水道屋は伸びをするように両腕をあげた。思ったよりも筋肉のついた、整ったうつくしいといえる腕だった。

「うーん、そうだなぁ。おまえさんだってほんとうはわかっているんだろ？　だからあの女の子に接触したんでしょ？　おまえにとってあの女の子がどれくらい大切なのかは我々だってしってしっているさ」

新月は自分が子どもだったころに戻ったような気持ちになる。目出し口のついた段ボール箱にいれられて、初めて教団の外に出た、あの夜に。

「あのさ、日知離さま。あの女の子、おまえが再生させた赤ん坊だろう？　おまえさんの手から御方さまが引き取って、長い間エスプレッソマシンに閉じ込められていた、あの子だろう……」

新月の暗い過去がすぐそばにあった。white washの研究室。そこに横たわった何体もの屍体。新月は吉行弁護士の最期を思い出す。彼は目を閉じて、瞼の奥にその場面を再生する。そして錫杖を手にwhite washに罹患した「生きた遺体」たちと放射線に汚染された土地へ向かう日々を思い返す……。

「最初のテロの失敗は水が少なすぎたことだ」

水道屋の声に新月は我にかえる。水道屋は新月の遥か遠くを眺める。

「今回は東京を水没させる。white washのウィルスに汚染された水でね」

「ダムを放流させる気ですね」

性急な新月の声に水道屋は宥めるようにこたえる。

「さすが日知離さま。勘が冴えていますね。目を醒ましたのもあなただけですし」

望と史也はぐっすり眠り込んだまま動かない。そうだ。このふたりはだいじょうぶなんだろうか。あのとき、なにか有毒なガスを吸い込んだのではなかったか。もしたすかったとしても、ふたりに後遺症が残らないとはいえない。

「土左衛門に君はなるべし千代よろづ　万代すぎて泥の海にて」

懐中電灯が点いた。新月は目を閉じる。水道屋のアッシュグレイの髪が揺れる。

「なんの変哲もない、作者もわからない狂歌だけど、まあ今回の作戦にはぴったりさね」

水道屋は煙草を取り出して、口に咥えた。紫煙が揺らめいては、消えてゆく。

「なあ、おまえはさ、あの子を連れ去ろうとしたのか？　おまえの大切なエスプレッソマシンの世界へ」

エスプレッソマシンに秘密があることを、水道屋がしっているかどうかはまだわからないので、新月は黙っていた。

「おれたちは……、あ、おれと誠慈はね。なんていうか、この世界とうまくなじめないんだよ。だからおれたちはなんかこうね、うまが合ったっていうか、そんな関係だったけど。まあ、さ。誠慈のことは残念だ。このことだけは御方さまをちょっと許せないな。おれはね、本当は信仰なんかないんだ。御方さまっていっけん敬って呼んではいるけれど、別にこころからあの方を信じちゃいない。世界なんて誰も救えないさ。でもな、何処にも属せない人間っているんだよな。流れ流れて、ここに来たけど、ここでもまだおれは通行人のひとりに過ぎない。だからおれは水に惹かれるのかな。形もなく、透明で、指の先からすべり落ちる。誰にもつかまえられない。ときにひとや自然を飲み込み、滅ぼす。しかし水なしでは生きていけない。おれは水を扱ってきて、水の大切さ、恐ろしさをわかっている。でもその水だって雨が降らなければお終いだ。地球は干上がって、人類なんて、いなくなってしまう。この世界は脆弱だ。確かなものなんてないから、きっと宗教ってやつが生まれたんだろうな」

携帯用の吸い殻いれに、水道屋は短くなった煙草を律儀にいれた。

「あのさ、人間って滅びてもいいんじゃないのかっておれは思う訳。地球の環境ってことを考えたら、人類ってまったく邪悪な存在なんだ。水を汚す。緑を散らす。人類の足跡が残る場所はすべて砂漠になる。な？　邪悪だろ？」

「そういう考え方は……」新月はいう。「傲慢(ごうまん)です……」

「ははっ。そうか。そうかもね。日知離さまは正しいね」

密閉された暗闇の外から風の音が聞こえた気がした。それも多くの木々の鳴る音だ。水道屋は新月に近づき、顎に手をあて、顔をじっと覗きこんだ。

「新月、おまえさんの大切なあの女の子にはもうwhite washのウィルスを打たれたって事実を教えよう。既に意識はない。そして信者たちは第二のテロを起こそうとしている。もうすぐ宗祖の死刑が執行される。第二のテロはそれを阻止するためだ。そこでおまえの出番だ。第二のテロを操り、指揮を執れ。体制側の人間たちを我々の味方につけろ」

「政府がそんな単純な構造だったら一回目のテロは成功したでしょう。何度やってもおなじですよ」

「前回のwhite washのウィルスは特定の民族しか感染しない……というか、罹患率にバラつきがあったんだが、今回は全人類を感染させられることが可能となった。ま、前回もそういうふれ込みでテロを仕掛けたんだが、そこは不発、というか、我々も、まあ誠慈もだけどね、なかなか全人類が感染するウィルスを作りきれなかった。だからアジア以外の国が日本政府を手助けしてくれた。でも今回は違う。まず各国のトップをwhite washに罹患させる。そう、まず頭を潰すんだ。そしてそのワクチンは我々しか保有していない。世界中に教団の分子がいて、それぞれがwhite washのウィルスを持っているとしたら？　それを拡散するといったら？」トップを潰された民衆はどうするだろうね？」

「政治はひとりでは行えません。誰かが代わって指示を出すでしょう。世界は日本のことなんてなんとも思っていません。世界中からミサイルが飛ばされて、終わりです」

「だからこれは時間との戦いだ。white washのウィルスが世界中に撒かれるか、日本にミサイルが飛んでくるか」

暗闇のなかに水道屋の輪郭がぼんやりみえる。何処かでみたことがある、と新月は既視感を覚える。

手足を拘束されている新月に水道屋は取り出した注射器を刺した。

「あなたは……」

新月は身体がぐらりと揺れるのを感じる。意識が遠くなる。大きく息を飲み、囁くように新月は言った。

「猿田彦の化身ですね？」

水道屋の瞳が、夜が暮れてゆくように青くなった。

21

儀式を執り行うために水道屋は猿田彦へと変化(へんげ)した。手順は簡単だ。色のついたサングラスを外せばいい。その瞳が青くなれば変化は終了だ。猿田彦の化身となった水道屋は後ろ手に扉を閉めた。まったく自分はいったい何者なんだろうな、と彼は思う。狂言回しか、トリックスターか、まあ、どちらでも役回りはおなじだが。彼は仮面をつけていた。それでも眩しすぎて殆ど影のない、白い部屋。そこには新月と久雨が横たわっていた。ふたりの意識が完全に失われていることを猿田彦は確認する。

儀式のために水道屋は猿田彦となった。仮面の仮装を用いそれを自分が執り行うことを教団に請けあった。教団はまだそんなものを信じているのか、と思いながらも猿田彦にも教団を通じて確かめたいことがあった。

猿田彦は指をぱちんと鳴らす。瞬間、闇が訪れ、そこはいつか福弥が生まれ育った村に変わった。

深い緑が暗い陰翳（いんえい）に沈む。枝を伸ばし葉叢（はむら）に包まれた木々が密集して植えてある色彩のない森。それは聳え立つ高い山につながっている。ひとが住んでいる気配を感じさせないが、かつてここにも住人はいた。しかし猿田彦はこの村の人間を全員殺害した。屍体が、まさに累々（るいるい）と打ち棄てられている地面の上を、彼は踏みしめて歩いた。彼の身体は村人の返り血で深紅に染まったが、その瞳は青いままだった。死に至った人間の肺から、最期の呼吸が凩（こがらし）のように零れ落ちる。そんな夜だったな……。

ほんとうにちいさな、殆ど老人しか住んでいない限界集落ではあったものの、それでもかつてはここにひとびとの営みがあった。しかし村中の人間はすべて死に絶え、その忌まわしい事件の記憶故、この場所は誰にとっても不可侵となった。無人の村は数年で寂れ、寄りつく者もいない、森に見紛うほどの背の高い雑草が萌え茂る廃墟になった。そこに政府が目をつけた。原発を巻き込んだ大きな地震の後に残された、大量の汚染水を処理するためには、うってつけの場所だと思ったのだ。

政府の命を受けた業者が村に押し寄せた。重機を用い、もう住む者もいない朽ちた廃屋を解体した。山に続いて並び立つ樹木にこびりついた下草を刈り、更にその木々を一本残らず伐採した。斜面を削り、村から山裾(やますそ)に至るまで広大な更地にした。それが終わると近くの町から僧侶を呼び、念仏を唱えさせ、形だけの供養を済ませると先祖代々続く墓も処分された。

そして彼らはそこに巨大で深い穴を掘った。政府は深く掘られた地下に巨大な貯水池を作り、原発事故によって生じた大量の汚染水を流しこんだ。頑丈な蓋をして、埋め戻し、処理を完成させるためにこの土地を選んだのだ。それ以来そこは何人も立ち入ることのできない場所になった。いわゆる〈ゾーン〉だ。土地は荒涼と侘しく、森に住んでいた小動物も棲家(すみか)を追われ、消失した。

「新月、君は呪力師としてこの場所でも働いていたよね。汚染水は危険だからwhite washに罹患してダブルダブルとなった、ああ、政府はもうアンデッドと呼ぶことに躊躇いを持たなくなっているけど、それら意識のない者たちを君の紡ぎ出す不思議なウタで動かしてさ……。まあ君にも生活があるから仕方ないとはいえ、厄介な仕事を引き受けていたよねぇ」

猿田彦の声に呼ばれるように錫杖を持った新月がそこに現れた。ちりん、ちりんと鈴が鳴る。あの部屋ではもうひとりの新月が眠っている。ここにいるのは誰なのか、と猿田彦は思う。

これが儀式か。まあ、それもいい。

新月は目を瞑ったまま、猿田彦がいったようにアンデッドたちを使役させる。アンデッドは瓦礫を運ぶ。何処へ？　涯(はて)ない場所から、さらに遠くへと。穢れた大地を浄めるために彼らは立ち働く。アンデッドの微かな足音に和音を合わせるように新月は謡い始めた。屍体を埋める作業を続けるにはそのウタが必要だった。

「よく謡ってくれたね、新月」

意識もないままに謡い続ける新月に猿田彦は狂気の犬をみるような憐れみの目を向けた。

「君ほど運命に抗えない人間もいないね。君が自分を取り戻すために行うことは人類が犯してはいけない禁忌を破るときだけだ。どうしてそんな運命が君に訪れるのかな？　そしてそのとき、君は躊躇いもなくそれを選ぶのかな？」

新月が謡い続けるウタをボイスレコーダーで猿田彦は録音する。

「悪いね、新月。これから我々が行うテロのために君のウタが必要だったんだ。その不思議なウタを謡えるのは御方さまと君だけだからね。でも御方さまはいまそういう状態にないし、素面（しらふ）の君に謡ってくれといってもダメだろうしさ。それに教団は君が〈儀式〉とやらを起こして、ようやく宝物を手に入れることができた、というまあ、なんていうか、特別な秘跡、というか、物語？　的なものが必要なんだよ。そんなものは現実にはないんだけどね。君に強固な薬を服（の）ませた上におれが軽い催眠術で操っているだけなんだけど。でもまあ、ごめんね」

猿田彦のひとり語りもセンチメンタルな空気を通って行方しれずに流れていく。ボイスレコーダーだけがかたかたと規則的な音を繰り返している。

「エスプレッソマシンのなかの世界でもそのウタは響いているんだろうね。新月、ありがとう。これで終わりにするよ。君はまた眠ったらいい」

猿田彦はもう一度指を鳴らした。部屋に明かりが灯り、すべては消え去った。彼は仮面を取り、部屋を出た。その途端、彼はいつも通りの格好をした水道屋に戻った。

廊下の先には緊張した面持ちの信者が水道屋を待ち受けていた。その期待を裏切らないようにわざわざ白い布にくるんだボイスレコーダーを、水道屋は信者に恭しく手渡した。

「無事に手に入ったよ。このウタをパソコンで数値化して、化学式を導き出してくれ」

ふたりの信者は顔を見合わせ、戸惑いをみせていた。水道屋は励ますようにいう。

「このウタの化学式を完成させるとwhite washの最終形になる。いわば完全型ウィルスだ。このウィルスに感染した人間は必ずダブルダブルになる。〈生きた遺体〉にね。勿論、全人類がだ。どんな科学者にも完治させるワクチンは開発できない。我々にとって最終兵器となるだろう」

信者たちは頷いて去っていった。

ひとり残された水道屋はまた煙草を咥えた。神の謡を聞いたひとびとは幻想をみたのかな。ひとを救いたいという思いはひとを自分の意志の通りに動かしたいという気持ちに似ている。小動物を襲う猛禽類のように翼を羽ばたかせ、人権の抑圧と更には無差別な虐殺へと向かっていく。根拠なく物事を信じる人間は疑問を持たない。思考することを嫌悪する。信者たちにとって己を否定するものはすべて敵なのだ。翻って考えればそれは自我の弱さからくる感情だ。論理ではない。でもそれは特有の信仰を持つ人間だけに限ったことでもないんだろう、と水道屋は思う。ひとは自分が思うほど他者とそれほど大差のないものだ。

おれは人間なんかどうでもいいんだけどな。自分があればいいさ。他人を理解しようと思わないし、理解されたくない。空や星や雪の結晶をうつくしいと感じることも、自分を理解されない絶望を抱え込むこともない。なにか、形にならないものを分かち合うことなんか、幻想に過ぎないのではないか？　愛を交わし合っても死を分かち合えないように。

「アデニン、チミン、グアニン、シトシン……。white wash のウィルスはこれらの構造を変えることができる。今回のウィルスはより強い。遺伝子は暗号化され、複雑に、罹患した人間の細胞を巧みに操れるようになった。ひとからひとに伝染するたびにウィルスが変異するように、新月とあの女の子のウタが進化させた……」

「水道屋さん、あなたはなにがほしいんですか。あなたは信仰を持たないのに……」

新月の声が水道屋の耳の奥にそっと灯った。

うん、まあね、新月。でも人類が自我を獲得する際には信仰心や宗教は必要悪でもあるんだよ……。

「儀式」から数日経ったある日、新月と久雨が眠っている部屋に、テープを受け取った信者とは違う男がふたり、水道屋とともに入った。彼らは新月の顔をじっとみつめる。躊躇いながらも、片方が堪えきれないように口を開く。

「この青年が若日知離さまですか。確かに若いころの御方さまに面差しが似ていますね」

「まあ、実の子どもだからね。あくまで推測だけど」

水道屋はこたえる。

「例の弁護士のことで……、この方は日知離になられたんですよね……。あのときの赤ん坊は御方さまのエスプレッソマシンに……」

「まさにこの女の子があのときの赤ん坊だよ」

信者は畏れるような目を互いに交わす。水道屋はこれみよがしに腕時計をみた。

「おれはもういくよ。いろいろ準備があるしね」

水道屋はふたりに煙草の箱とライターを手渡すと部屋を出ていった。ふたりの信者は暫く沈黙していたが、思い切ったようにひとりが煙草の箱を開けた。

「先のテロの失敗からずいぶん経つな……」

彼は火の点いた煙草をもうひとりの信者に渡した。ひとつの煙草を交換して互いに吸った。酒は勿論、煙草も教団では禁止されていた。

「ようやく新しい宗祖さまが誕生する」

紫煙のなか、恍惚とした表情を作るのは、禁じられている煙草の旨さからだろうか。ふたりは興奮を抑えられない。

「そうだ。再生だ。今度こそ、世界にウタが広がるんだ。宗祖さまにしか謡えない、神のウタだ」

「しかし今回のテロはうまくいくだろうか。前回、政府の動きは速かった。まるで内通者がいたかのようだった……」

信者は少し考える。煙草の煙を大きく吐き出す。

「そうだな。いたかもしれない。幹部の大勢は既に逮捕されてしまったし、そのことはいまではわからない。しかし前回とは違い、今回のウィルスは罹患してからの劇症化が早く、死に至る可能性も高い。そして我々にはワクチンも治療薬もある。政府にはまずそのことを伝えよう。つまり我々しか救いの手を持っていないのだと」

会話は少し止まる。ふたりはお互いになにかを考えているようだ。暫く経って、ひとりが低い声でいう。

「御方さまの死刑執行は止められるだろうか」

「できるさ。まずは大使館や領事館を狙う」

「政府の動きを止めるため、か」

「そうだ。今度はうまくいくさ」

「だといいのだが……」

煙草は燃え尽き、ため息をつく理由を失った信者は顔を下に向ける。もうひとりが励ますように肩を軽く叩く。

「未来をみろ。我々は自由だ」

「だが、それからどうする?」

ひとりは懐疑的であった。それを打ち消すようにもうひとりがいう。

「国外脱出だ。我々は旅立つんだ。全人類を人質として」

「場所は？」

「リビア辺り……」

「リビアか……。アフリカを経由して、さらに進んで……、そうだな、中東の国々は我々を受け入れてくれるだろうか」

「南米の社会主義国という手もある……」

ふたりの会話は続く。果たしてテロは成功するのであろうか？

22

満を持して教団の起こした二回目の〈猿田彦テロ作戦〉は成功を収めた。赤子の手を捻るように日本は教団のものになった。新月のウタから作られた化学式のウィルスは強力だった。

日本人の成人の約二割がwhite washのウィルスに感染し、そのうち四〇パーセントが死んだ。死に至らないまでも重態のまま、意識の戻らない患者も多くいた。いわゆるアンデッドだ。それを動かせる者は呪力師しかいない。

教団は賭けに出たのだ。テロが失敗した際には国外逃亡も考えていた。しかし日本全土に向けて死に至る伝染病の流行を起こすテロを巧く教団は起こした。長い間ひとびとの間に熕(くすぶ)っていた原因不明の伝染病がはっきり表に現れたのだ。その結果、多くのひとびとは父や母、夫や妻、大切な子どもが次々と病に罹り、死んでゆくのを目の当たりにした。white wash。政府はそれを「白屍病」と呼び、その単語だけがひとびとに与えられた。その病に罹患すると肌も髪も白くなる。噂通りだった。アンデッドに変化した患者は教団が指図するまま政府のちからによって強制的に隔離され、連れさられる。数日後、一枚の死亡通知が手渡される。遺体は遺族の許に返されることはない。葬式すら禁じられた。パニックになった国民を制御する方法を政府は持たなかった。

教団が政府に伝えたウィルスの伝播の感染指数は4から6だった。ワクチンも治療薬も持たない政府にこの伝染病を抑えることはできないレベルだった。そのため、政府は教団の意向を忖度する道を選ばざるを得なくなった。政府はまず教団のテロをマスコミに流さないように提案した。教団はそれを受け入れた。前回のテロの失敗を鑑みて、表に立つよりも、政府の後ろで、日本という国を自らの思い通りに動かす道を選んだのである。

教団は新月と久雨を表に出すのを控えた。慎重にことを運んでいこうとしたのである。教団はX氏という男を仮の首相に選んだ。X氏は教団の信者ではない。ただ血筋がよく、温厚で穏やかな印象をひとに与える人物であり、思想的にはほぼゼロであった。傀儡政権にはうってつけの男である。X氏は教団のいうとおりの内閣を作った。そして白屍病の流行を抑制するため、緊急事態宣言を発令し、ひとの自由な移動を封じ、行動制限を行った。

ひとびとは混乱していた。内閣が替わったことよりも、ただ新型の伝染病の突然発生を目の当たりにし、論理的なことはなにも考えられなくなっていた。元々世間には謎の伝染病の噂は広まっていた。不安の種子はもう蒔かれていた。それが実り、現実となってひとびとを襲ったのだ。それまで、まだ噂だけが囁かれていたころ、ひとびとは耳を塞ぎ、ただなんとかなる、と思い込もうとしていた。不安を自らのこころの一番底に沈めて、みないように、きかないように、なんの疑問も持たないように、と気持ちを鼓舞してさえいた。しかしそれが現実として自らの前に現れると外部による強い規制を彼らは求めた。自分で思考し、判断することなく、指示に従い、それを遂行することで、精神の均衡を保とうとした。

教団はそれらを見越していた。非常事態宣言はさらに強い規制を携えたロックダウンに替わった。この際には教団は軍事力を利用した。憲法では禁じられている手段をあえて用いた。テレビでは、ごく曖昧なニュースを、局アナが言葉を濁して伝えるだけだった。CMは控えられ、政府広報のPRが繰り返し流された。経済の悪化によって職を失うひとも多く出た。海外への渡航も制限された。日本はある意味、全面的なゲットーになったのである。

宗祖と幹部たちの死刑は執行されることなく、極秘に釈放された。政府与党は教団の思うままに動く傀儡機関となっていたのでそのようなことも可能だった。

しかし宗祖は勾留中、違法に投与された自白剤の副作用で、植物状態になっていた。教団は困らなかった。そのために新月と久雨がいるのだ。ふたりは教団の新しい象徴(シンボル)だった。

教団は政府にアメリカとのつながりを緩めるように指示した。日本はアメリカに多大な経済的、軍事的な援助をしていたが、それをやめさせた。それはアメリカの怒りを買ったが、教団は気にしなかった。アメリカは政府に圧力をかけてきたが、防衛省、外務省の両トップをwhite washに感染させた教団に怖いものはなかった。

その代わり、教団は中国との関係を深めるように政府に要請した。当時中国は台湾独立問題やウイグル族などの少数民族に対しての圧政弾圧で国際的な批判にさらされていた。多くの日本人は中国を仮想敵国とみなしていた。しかし教団はアメリカ、ロシア、ヨーロッパ諸国よりも、おなじアジア人である中国を味方にすることを選んだ。教団は極秘に中国と交渉し、新しい武器や核弾頭の開発も始めた。同時に外務省の対アメリカ部署に教団の人間を紛れ込ませ、情報をいつでも教団が把握できるようにした。

教団は中国から朝鮮半島、ミャンマーやベトナム、タイ、マレーシア、インド、更にシンガポールまでwhite washのウィルスを広げた。多くの国は原因不明の難病の前に、ただ無力だった。感染はみるみるうちに広がり、各国政府は極秘に日本政府からwhite washという伝染病は教団が引き起こしたテロであることを伝えられた。政府高官のごく一部にwhite washのワクチン、治療薬を供与してもらう代わりに日本政府にとって有利な条件を飲まざるを得なくなった。教団はアメリカと手を切り、アジアを制覇、ありていにいえば植民地支配したのである。これは先の戦争とある意味ではおなじだった。

二十一世紀に入り急速な成長期を迎えた中国と、保守的な政権が続くアメリカとの関係はそれまで悪化の一途を辿っていた。なにかきっかけがあれば、戦争も辞さない構えだった。しかし、中国もアメリカも、仲介という名の下に策略を練っているロシアでさえ自国で戦争を行うつもりなどさらさらなかった。彼らは皆、日本、あるいは朝鮮半島を戦地に使うことを前提としていた。教団はそのことを察知しており、まずは中国を味方につけたのだった。

政府の隠蔽で日本は突然の正体不明の伝染病と社会の変化による強い不安と不満に陥っていた。政府によるロックダウンは続いていたが、伝染病という目にみえない不安はひとびとの理性を壊した。畏れからひとびとは武器を持ち、暴動を起こした。日章旗(にっしょうき)を国会議事堂の前で焼き、シュプレヒコールが巻き起こった。まるで七〇年代の再来のようだった。それも教団の計算通りだった。暴動を抑えるため、自衛隊が出動した。このように教団は大手を振って自衛隊を組織できるようになった。多くのひとが逮捕勾留された。無実の者も大勢いた。教団はこれを待っていた。暴動とは関係のなかった医師、弁護士、学者、作家、財閥系経営者、ＩＴ関連事業者などのインテリ層の人間を逮捕勾留し、何人かを死刑にした。ポル・ポトのクメール・ルージュが行ったのとおなじやり方だ。処刑は公開され、暴動はその恐怖で収まった。

white washの新種ウィルスは世界中の人種に有効だったが、アジア系により強く作用するため、アジア諸国は日本政府のいうことを聞かざるを得なくなった。輸出、輸入、武器の売買、株式の操作など、すべて日本にとって都合のいいように動くこととなった。

アジア各国の要人は教団からワクチンと治療薬をもらい受けた。white washのウィルスは数日から数週間で遺伝子を変化するように操作してある変異株であったので、教団から渡される治療薬以外の薬を開発するには時間がかかり、その間は教団に逆らえなかった。

組織の純化を促進するために、教団の圧力は続いた。エッセンシャルワーカーや、社会インフラに携わる仕事をのぞいて、ひとびとの仕事を失わせ、生産性のある第一次産業、つまり農業などに従事するようにさせた。学校は閉鎖され、教育を受けられるのは政府、財閥経営者の一部と教団の関係者の子どものみだった。

唯一粛清（と、いう言葉をあえて使おう）されなかったのは広告業界だった。教団は表に出ず、広告を使って大衆を支配していこうと思っていた。

社会学者に市場調査をさせ、教団にとって有利な仕事をする人材を集めた。粛清されなかった作家や詩人、文系国家公務員、教授、広告ディレクターなどにキャッチーな言葉を幾つか作らせた。それをキーワードに掲げ、キャンペーンを行った。政府からの強制ではなく、国民自らが贅沢や自由を手放すように仕向けた。

ひとびとは次第に思考を停止させていった。考えても無駄だ、と彼らは思った。みないふり、聞かないふり、ただ政府のいうとおりに過ごしていれば、いつか終わるのだろう、痛いのははじめだけだ。そう信じた。ひとびとは論理的に物事を理解することを停止していった。

教団は多くの日本人の根底にある、中国をはじめとするアジア諸国、あるいは肌の色が暗い人種に対する論理ではない、根強い差別感情を利用した。アジア諸国を傘下にいれたことと引き換えに、多くの日本人は不自由な暮らしを受け入れた。

23

ユリは椅子に座って窓から空を眺めていた。爽やかな風が黒い髪を通り過ぎる。ずいぶん長く教団の施設にいる、とユリは思う。ティーンエイジャーのころはアメリカにいて、いろんな肌や髪の色の友だちに囲まれていた。自分はなににも囚われず、未来は多くの選択肢から自由に選べると信じていた。でもそれはただの思い込みだった。いまのユリはなにも選べない。けれどどこの場所にいれば、生活に困ることもない。楽しいことがなにひとつないとは言わないが、それを苦痛とは思わない。ただ誰かをこころから愛し、愛されることがないことが寂しかった。そんなユリがかつて楽しみにしていたのは教団の子どもたちに英語を教えることだった。いろんな子どもたちがいたな、とユリは思う。勘のいい子、耳が聡い子、文法がすらすらと理解できる子。でもその子どもたちは生まれてからずっとこの教団にいて、将来を選ぶことはできなかった。一回目のテロの失敗の後、子どもたちは意図的にばらばらの施設に収容された。子どもたち同士は、もう二度と逢うことはできないだろうし、子どもたちにとって、ここでの生活は忘れたい種類のものだろう。どうにかして社会に順応して生き延びて、幸せになってくれれば、とユリにはそう願うことしかできなかった。

私の生んだあの子も……。自分の気持ちの扉を閉めるようにユリは立ち上がって窓から離れた。あの子だけは自由にしてあげたい。私はここから、この小さな世界から抜け出せないけれど、せめて彼と彼女を自由にしてあげたい。

それが教団の意思に背くことはわかっていた。制裁を受けるかもしれない。でも私の人生をもう後悔だけで埋めたくない。ユリは決意した。新月と久雨をここから脱出させよう、と。

白熱灯の眩い光の下で新月と久雨が白い大きなベッドに眠っている。広い部屋は清潔だが、ふたりが眠るベッド以外には家具も、調度品も、なにもなかった。ただ祭壇にだけ、ついになった花瓶に白い花が飾られていた。

部屋の外には監視人がふたりいる。どちらも退屈そうだ。ユリはあらかじめ用意した建物内の地図をみる。新月と久雨を脱出させるための計画をユリは立てた。それは自らが彼らのいる場所に入り込むことから始まる。

まずは電灯を消そう。建物内のすべての電気が通じなくなっては騒ぎが起きるので、ふたりの監視人のいる数メートルの部分だけのブレーカーを落とす。そのため電気室の場所を調べ、鍵を手に入れた。

そして決行の夜がきた。勇気を出すのに、かなりの時間がかかった。けれど今夜だ。やり遂げよう。

ユリは誰にも気取られないよう静かに電気室の前までいった。深呼吸をする。ふるえる指で電気室の扉の鍵穴に鍵を差し込む。鍵が解かれ、ドアノブがそっと回り、扉が開いた。ユリは少しだけほっとした。電気室のなかは電力の流れる昆虫の羽ばたきのような音が微かに響いていた。壁いっぱいにいくつものボタンが並んでいる。ユリはメモをみながら慎重にスイッチを選び、息を止め、切った。一瞬の間があった。落ちついて、とこころで呟きながらユリは建物のなかがすべて見渡せるモニターで新月たちのいる場所の廊下に暗闇が訪れたことを確かめる。モニターのなかの監視人らは驚いて、なにかを囁き合っている。続いてユリは火災報知器のスイッチをいれた。大きな音が反響して、ふたりは足早に去っていった。ユリはほっと胸を撫で下ろす。こんな簡単に、と思うほど、それはうまくいった。けれどまだこれからだ。急がなければ、と懐中電灯を持ってユリは新月たちのいる部屋に向かう。部屋に鍵はかかっていなかった。ユリは辺りを見回す。そっと扉の内側に入る。部屋のなかの電気は切れていなかった。そこは広く、しんと静まりかえっていた。ユリは祭壇を施されたベッドに眠っている新月を暫くじっと眺めた。あの小さかった少年が、すっかり大人になっている。ユリのこころが泡立つように温かくなる。細い指で新月の長い前髪をそっとかきあげる。閉じた瞼にちいさなほくろがある。あのときのままね、とふとユリは微笑む。生まれたばかりの新月を初めて抱いた感触をユリは思い起こす。それはただ一度の出来事だった。生まれてすぐ、まだ濡れている赤ん坊にユリは頰を寄せた。うれしかった。愛おしかった。だが次の瞬間には教団の女性がユリから赤ん坊を取りあげ、何処かへ連れ去った。

新月、あなたのそばにずっといたかった。ミルクをあげ、おむつを替え、やがて手をつないで一緒に公園や街を歩きたかった。入学をよろこび、卒業に涙したかった。大人になったら彼は自分の許を去るだろう。しかしユリの誕生日にはきっと彼はカードをくれる。おめでとう、お母さん、と。それは叶わなかったユリの夢のひとつだった。

ユリは手のなかのピルケースから錠剤を取り出して、ミネラルウォーターとともに口に含む。長い髪を押さえながら、そっと新月のくちびるに錠剤とミネラルウォーターを流し込む。くちびるを離すと、錠剤が喉を通るように軽く首をさする。ミネラルウォーターをまたくちびる越しに流しこむ。

火災報知器はもう鳴っていない。静かだった。双葉が開くように新月は目覚めた。薬が効いたようでよかった、とユリは胸を撫で下ろす。

「ここは……」

新月は呆然と辺りを見回した。ユリと目が合うと、新月は囁くような声でいった。

「あなたは妃姫（きさき）さま……、確かユリさまとおっしゃった方……ですよね。僕が幼いころ、英語を教えてくれた」

新月が自分を憶えていてくれたことがうれしかったが、感情を抑え、小さな声で告げた。

「車を用意してあるの。その子を連れて遠くへ逃げて」

新月は自分に似た切れ長のユリの黒い瞳をじっとみつめていた。ユリは顔を隠すようにうつむきながらいった。

「あなたが意識を失ってからいろんなことがあった。でも説明している時間はないの。はやく。誰にもみつからないうちにここから逃げなさい」

新月はその言葉に少し戸惑っていたが、すぐわかったというように頷いた。ユリは新月に目立たない、全身が隠れるコートを渡した。新月はベッドから降りて、コートを羽織った。そしてまだ目を醒ましていない久雨を抱きかかえた。そのふたりを案内するように暗い通路を小走りに歩いた。明かりは灯っていなかったが、ユリは夜目がきくように素早く、白く細い踝（かかと）で新月たちを建物の外に連れ出した。そこには闇に隠れるように深く青い車が用意してあった。

「運転はできるわね？」

ユリの問いに新月は頷く。

「急いで逃げて。ここに戻ってきてはだめよ。なるべく遠くに逃げて。教団の手が届かないくらい遠くに」

「こんな危険を冒してまで、何故僕を……、あなたはなんらかの制裁を受けるのでは……」

「そんなことはいいの。その女の子を守ってね」

新月は後部座席に久雨をそっと置いた。自分は運転席に座り、暫く口を噤んでいたが、そっと囁いた。

「あなたも一緒にいきましょう。助手席が空いています」

予想外の言葉をかけられて、ユリの胸は熱くなる。それは涙となってあふれだそうとするが、長い髪で必死に顔を隠し、首を横に振る。

「だめなの。私はいけない」

「あなたはどうしてここに残るのですか。僕たちと一緒にここから逃げ出そうとは思わないのですか。あなたは教団を信じているのですか」

ユリは顔をあげて、笑顔をみせる。

「私にはなにもないから」

だからはやく、とユリの声は伝えていた。新月はエンジンをかけながら、少し躊躇う。ユリをみないように前を向く。その言葉を口に載せていいものか迷いながらも、もうこれが最後の機会だと感じた新月はいう。

「あなたはもしかしたら……、僕をこの世に送りだしてくれたひとではないのですか」

ユリは表情を崩さなかったが、陶器のような白い頬に一筋の涙がつたった。新月はハンドルに顔を埋めた。ふたりとも、なにをいえばいいのかわからなかった。ユリは涙を拭った。

「私には家族なんていない。あなたはあなたよ。他の誰でもない。世界でひとりの、素晴らしいひとなの」

新月は顔をあげることができなかった。ユリの顔をみることができなかった。

うつむいた新月の目の端に何かが映った。車の助手席にエスプレッソマシンが置いてあることに新月はようやく気づいた。ユリは自分の代わりにそれを新月に手渡したのだ。

「それをどうするか、あなたにはわかるはずよ」

「え？」

新月は顔をあげ、ユリになにかいおうとした。そのとき、建物に電気が点いた。

「いそいで」

新月はエンジンをかけ、アクセルを踏んだ。もうきっとユリと逢うことはできない、と新月は思った。

さよなら。

それを言葉にするのはつらくて、ただ新月は車を速く、遠くへと走らせた。

車は走り続けた。夜は長く、道は何処までも続いているようだった。何故か涙があふれて止まらなかった。悲しかった訳ではない。なにかを感じている訳でもない。ただ気持ちが昂り、それが涙となった。後部シートでは規則正しい寝息を立てて久雨が眠っていた。

どれくらい走ったのだろう。教団の施設からはずいぶん離れ、車は賑やかな場所に出た。ネオンサインがきらきらと輝いていた。新月はかつての「旅」の夜を思い出した。ある思いから新月はハンドルを別の方角へと切った。車はまた夜道を走り続けた。道はやがて細くなり、鬱蒼とした木々が暗い夜をますます闇に沈めていた。高い鉄の柵が目の前に現れた。新月がブレーキを踏もうとすると、まるで手招きをするように鉄柵の扉が内側に開いた。涙を拭って、新月はそのなかに入った。しんとした、なにかたくさんの生命が眠っている気配を感じた。

暫く辺りを窺っていたが、思い切って新月は車を降りた。歩いていって、新月はそこが動物園であることに気がついた。大小たくさんの檻が並んでいた。動物が闇のなかで身体を丸めて、あるいは立ったまま眠っている気配を感じた。

どうしてこんな場所に動物園があるのだろう。そして扉は僕を迎えるように開いたのだろう？

夏の星座が夜空で瞬く動物園のなかを新月はひとり、歩いた。

ひそやかに眠る猿やくま、象、きりん。アライグマやハクビシン。

新月のこころに蠢いていた淀(よどみ)がすうっと清められていく。柵の向こうにいる動物の存在がまるで柔らかな声をひとつ、またひとつと新月に届けるように。静謐がそこにはあった。

動物の生命の匂いと、青い葉の匂いが強く香る。新月のこころになにかが宿った。

車に戻り、エスプレッソマシンを取り出す。脇にエスプレッソマシンを抱え、動物園の中央の広場まで進み、そこに座った。動物たちの眠りは続いたままだ。風の音だけがさらさらと響いた。彼はそっとエスプレッソマシンの引き出しを開けた。いつもと変わらず小さな世界がそこにあった。エスプレッソマシンのなかも静かな夜だった。淡い夜空に銀色の満月が浮かんでいた。不思議な光景だったが、新月にとってはもうみなれたものだった。

この世界のなかに入って、ちいさなひとになって暮らしたい。新月はそう願ってもいた。

エスプレッソマシンのなかの世界のひとびとはそんな新月の思いなど素知らぬ顔で、自動車に乗ってちいさな世界を行き交ったり、食卓を囲んで夕餉(ゆうげ)をとったりしていた。満月はやさしくちいさな世界を照らしていた。

「その月を使えばいい」

何処からかそんな声がきこえた。新月は顔をあげる。誰もいない。彼と動物たちだけの世界だ。

月を使う?

新月は淡い光を放つちいさな球体をみつめる。誰かが僕に語りかけている。僕がすべきことを、指示するように。

魔法をかけられたように動物たちは静かに眠っている。ただ静謐な空間に声は水の輪のように広がる。

「その光はすべてを清める。選ばれし者よ、月を操り、世界を救え」

教団が起こしたテロの後始末のやり方が、神託を受けたように新月の脳裏に広がっていった。

「月を使う」ことがwhite washという伝染病に侵された世界を救えるたったひとつの方法かもしれない。

宗祖に与えられた「新月」という名前。それはこのためにあったのか。

水槽から金魚を掬うように、新月はそっとエスプレッソマシンのなかの月を取り出した。掌に入るほどのちいさな月だ。息を吹きかけ、掌を開く。小さな月は青い空をゆっくりと昇ってゆく。

エスプレッソマシンから拾いだされた月は夜空に昇り、大きく、丸く、銀色に光り、ついに本物の月となった。隣にはもうひとつの月がある。夜空に浮かぶふたつの月は銀色にきらきらと光る。それは互いに引き合うようにゆっくりとおおきく、巨大化してゆく。

それに気づいたひとはどれくらいいるのだろう？

それはほんの些細なことから始まる。

蝶が羽ばたくようなささやかな動きがあった。風の向きが変わった。空気の圧が強くなり、木々の葉が揺れ出した。白い風が激しく吹いた。

雲が移動して夜空は暗くなる。晴れ渡っていた夜空が雲に覆われる。重い、湿った、たっぷりと水を含んだ雲の群れが空一杯に広がる。零れるように水滴が落ちてくる。

雨だ。

突然の雨は動物園からひとびとが集う都会へと移動していく。彼らは足早に屋根のある場所へと向かう。傘を差し、雨具を着る。

気づくと雨はもう土砂降りだ。電車やバス、タクシーは満員になる。

それはまるで銀河の水瓶（みずがめ）が壊れたような激しい雨だった。

雨は東京だけに降り始めた訳ではない。関東甲信越から東北を経て北海道へ。北だけではない。雨は南にも降り注いでいく。広島から九州、遠く沖縄へ。それは日本だけではない。やがて台湾へ、半島へ、東南アジアへと雲は広がり、海を渡る。オーストラリアへ。

トルコを経て、やがてヨーロッパや遠くアフリカまで。雨はまるで生きているように国境を越え、進んでいく。

地球は水の惑星だ。青い海に包まれ、生命はそこから生まれた。何千年もの長い間雨が降り続いた時代もあった。まるでそんな遥か遠い過去に戻ったかのように地球全体に雨が降りそそいだ。人類がいままで経験したことのないような大量の雨だ。新月がエスプレッソマシンのなかの世界から月を取り出してから僅か数日しか経たないうちに全世界の地面は水を吸い込むことができず、あふれだした。そして洪水が起こり始めた。世界は水に覆われた。

地球温暖化の懸念は近代の課題だった。その脅威は予想されていた。はず、だった。しかし全世界に降りそそいだ大雨の結果、それは唐突に始まった。

洪水。

心臓の高さまで達する水。それはイメージとしては透明かもしれない。なにしろ清らかな青い海から押し寄せる波なのだから。しかし実際の洪水は泥をたっぷり含んだ黒く汚れた水だ。

ひとびとは逃げた。家を棄て、荷物も持たず、幼い子どもの手をひいて。

しかし逃げる場所などなかった。洪水はすべてを巻き込んだ。地球という惑星は言葉通り水の星となった。

24

水道屋は焦っていた。急がなければ。洪水が押し寄せるまで、もう幾許かもない。彼は医療用のカートを押しながら教団の幹部しかしらない倉庫へと、向かっている。カートの上で眠っているのは金子史也だった。水道屋は進む。そして誰もいない広い倉庫にいきつく。

飛行機の格納庫のような殺風景な場所の隅にプールが作られ、そこにその舟はあった。舟、というと語弊があるかもしれない。底の薄い椀をふたつ重ねたような奇妙な形のものがそれであった。これも教団のトップシークレットのひとつであった。それは舟と呼ばれていた。正確な名称は空穂舟（うつぼぶね）。水道屋は空穂舟のハッチを開け、医療用のカートをそのまま舟に載せる。

「こうみえてもこの舟は完全防水、装甲は戦車なみに硬く強固にできているんだぜ。エンジンだってばっちりだ。しっかり生き延びろよ、少年」

倉庫の扉が開く、プールの壁がその扉につながるように倒れ、水路になる。空穂舟はその流れに押され、迫り来る洪水の海に走り出す。意識のない金子史也をのせて。

「good luck（よい旅を）」

にこっと白い歯をみせて、水道屋は手を振った。

それは誰の視点だろう。天空からみおろす映像のように空間を映し出す。煌めくネオンの大都市と巨大なビル街。視点（カメラ）は回る。それと対照的なのどかな田園がみえる。学校。病院。給水塔。あらゆる場所にそれは始まる。雲の間からすり抜ける細かな水滴。それはすぐに大粒になる。次の瞬間、ざあっと叩きつけるような音に変わっていく。大雨だ。天の川が決壊したかのように大量の水が地面に叩きつけられる。川の橋が流され、ダムは決壊する。水は地球上のあらゆる土地を舐めるように広がっていく。激しい雨の音が響く。赤ん坊が泣き始める。叫び声や悲鳴が上がり出す。名前を呼び合う声も聞こえる。「逃げて」

と、「何処に」。「水が」。それに「たすけて」と。しかし雨は降り止むことがない。雲に隠れたふたつの月はぐんぐんと海面の水位を上げてゆく。それは天から齎(もたら)されるだけではなく、海面をも上昇させる。海は高く波穂(なみほ)を持ちあげ、大地を水で満たしていく。洪水。大洪水が都市を、街を、ひとびとを襲う。それはもう地球というより水の星だ。ひとびとも、勿論動物も昆虫も細菌でさえ生命のあるものたちはなす術もなく押し寄せる水に呑み込まれていく。水位は轟音とともに生き物のようにぐんぐんと上がっていく。降り続く雨は強くなり、雷を呼ぶ。閃光が煌めくなか、豪雨と打ち寄せる水流が混濁して沸騰したように泡立つ。それは収束することがないように思われる。叫び声が途絶えてからも水は動き続け、雨は水面を打ち、波は轟音を立てた。どれぐらいそれが続いたのだろう。誰かが耳を欹(そばだ)てていたら、地球の地表が静かな水の世界となるまでそれが続いたのを聞いたのだろうか。そのまま時間が過ぎ去っていった。

　永い永い間、雨は地球全体に降り注いだ。まるで遠い過去の、まだ地球上に微生物すらいなかったときのように。それは地球の地形をも変化させた。もう時間を数える生物はいなくなったかのようだった。雨の音はときにはやさしくさえ響いた。その音を聞く小さな、あるいは大きな生きているものさえ、もう目醒めることのない深い眠りの底にいる。

そこにはなにがあるのだろう？

誰が夢をみるのだろう？

新月がふたつの月を手にしたまま、途方に暮れていることをまだ久雨はしらない。


しかし時間は過ぎた。地球は自転を止めなかったし、遥か彼方に太陽は輝き続けていた。重く空一面を覆っていた黒い雲が、ゆっくりとほどかれたのはいつごろだろうか。色の濃い雲が淡くなり、陽射しに導かれるように離れ始めた。暗かった世界に一筋の光が射し込んだ。猿田彦は空をみあげる。

雨がやんだのはいつだろう？　と彼は思った。永遠に生き続ける彼に時間という概念は希薄だった。ただ気がつくと、抜けるような青空が頭上に広がっていた。しかし彼のいる場所の遥か下方には洪水によってもたらされた水が引くこともなく、大きな湖のように広がっていた。

そう、大雨によって呼び起こされた洪水で東京をはじめ日本が所有する土地の殆どは水没した。いま、彼がいるのは比較的被害が少なかったチベットの高い山の上に建てられた政府の簡易行政施設のひとつだ。辺りを見渡す。山脈が果てしなく続いていた。しかし山は長く降り続いた雨でその形を以前とは違ういびつなものに変えていた。

「新月の月作戦でwhite washという伝染病は終息したけれど被害はあまりにも甚大だなぁ。世界の三分の二が水没するなんてさぁ……」

誰にともなく猿田彦は呟く。パラパラという音を立てて何処かの国の軍用ヘリコプターが青い空に白い飛行機雲を残して飛んでいる。遠く、銃声がきこえることもある。耳障りな音とともに猿田彦の目のそばを黒い影が掠めた。黒蠅(くろばえ)だ。洪水により多くの生物が死に絶えても、黒蠅はなお生き生きと宙を舞っている。

「まるで死に神だな」

猿田彦は手で黒蠅を払う。太陽の黒点のように黒蠅は空を飛んでゆく。猿田彦のいる場所から遥か下の土地では洪水に巻き込まれ、逃げることがかなわなかった遺体が未だに回収されず水面に浮かんでいた。黒蠅が一匹、また一匹と近づいていく。

「いや、死に神は我々か……。あれらは君たちには喰えないものだよ」

猿田彦は腕時計をみる。

「そろそろだな」

猿田彦は傍に置いたエスプレッソマシンに手をかけた。


身体が温まっていく感触が心地いい。温もりに誘われるように金子史也は目を醒ました。辺りを見回す。明るい陽射しのなか、ブランコやジャングルジムや砂場がみえた。ちいさな交通模型やかわいらしい小型のメリーゴーラウンドまである立派な公園だ。けれどそこには誰もいない。はしゃぐ子どもも、お弁当を持った母親も。

紫陽花（あじさい）の茂みのなか、等間隔で並べられた公園のベンチのひとつに自分は横たわっていたのか、と史也は思った。どうしてだろうな。記憶を辿ろうとしたがなにも思い出せない。

そのとき、声がした。

「おはよう。ミネラルウォーター、飲む？　きれいな水だよ。いまは手に入れるのがちょっとたいへんなんだけどね」

水道屋が史也の前にしゃがみこんでいた。史也はそこが公園ではないことに気づいた。

それは夢か、目醒めの錯覚だった。彼はメタリックな銀色の箱のようなものに横たわっていた。彼は身体を起こした。そしてミネラルウォーターを持った、見知らぬ男を訝しみながら眺めた。

このひとは、誰だろう？

史也のこころの声が聞こえたように水道屋はにこっと笑う。水滴のついた冷たそうな瓶を史也に差し出す。自然な仕種に史也は思わず瓶を受け取り、蓋を開け、一気に飲んだ。暫くなにも口にしていなかったこと、とても喉が渇いていたことを、喉を流れる透明な液体が伝えていた。一息ついて史也は尋ねる。

「ここは？」

「おれが村人すべてを殺した後、棄てられて廃墟（ゾーン）になった村だよ。でも君にはきっと違う場所にみえていると思うんだ」

史也は首を傾げた。そういえばそんな事件を聞いたことがあるかもしれない。ないかもしれない。でもここはまるで都会の、何処にでもある住宅地の公園にみえる。史也がそういうと水道屋は薄い色のついた眼鏡のつるを指で押しあげながらなんでもないようにこたえる。

「そうだよ。現実の風景に君の記憶とイメージがフィルターをかけているんだ。つまり脳が現実の画像を変換させてこの場所を君の願う場所にみせているんだ。まだ君は夢の途中か。そのミネラルウォーターには意識を覚醒させる薬物が入っていたんだけど、君の自我は結構強いみたいだね。そうか、君が好きだったのはここなんだね。君が子どものころよく通った場所なんだろうね」

水道屋の言葉の意味が史也にはわからない。

陽射しが眩しい。耳を澄ますと微かに鳥の鳴き声や、虫の蠢く音が聞こえる気がする。しかしそれは空耳かもしれない。ひとの気配がないからだ。薄い色の眼鏡の奥で水道屋の目は人懐こい微笑みを湛(たた)えている。

「おれのことは水道屋と呼んでくれ。金子史也くん」

「水道屋？」

「君を蘇生させるのは結構たいへんだったんだ。ハーメルンの笛吹きのフィギュアを憶えている？　あれを何処からかユリがみつけてきてくれて、そのおかげで君はここにいる。

あのなかにはwhite washの治療薬が入っていた。教団の幹部すら持っていなかったものだ。あれはどうやって拵えたのかねえ。しかしユリはもういない。君の代わりに、いってしまった。彼女には合わなかった、としか、いえないけれど」

「いって…って、何処へ?」

「え? あ、はあ、あははっ。そうだねえ、空の彼方とか、星になったとか、かねえ」

そもそもユリとは誰なのか、と史也は思う。そしていつも史也の家のポストに入っていた笛吹きのフィギュアのことを考えてみる。タイプされたメッセージをこころに描く。水道屋は明るい声で告げる。

「もっともこの村で死んだ人間より、洪水とアンデッドによって戻らなくなった人間の方がずっと多いけどね。生命の重さってなんだろうとか、考えちゃうよね」

「洪水とアンデッド?」

「あれ? 君はなにも憶えていないの? そうか、君はwhite washに罹患して、認知機能をなくしていたもんね。新月が残した薬でwhite washを治療した後、君は療養のため空穂舟のなかで眠っていたんだもんね。あの病はそれくらい恢復に長い時間が必要なんだ。そうか、君はいま目醒めたばかりだってこと、忘れてた。ばかだなぁ、おれは。なんでもすぐ忘れちゃうな。もうずいぶん長い間この身体の内側に潜んでいるのに」

独特の言い方が史也を少し苛つかせる。この状況がわからない。史也はうつむく。前髪が目にかかる。邪魔だな、と違和感を覚える。頭に手をやる。襟足がパーカにかかるほど伸びていた。少し驚く。自分は髪を刈り上げていたはずだ。でもこんなに長い。何故だ？

史也は水道屋の言葉を頭のなかで反芻する。

「認知機能をなくしていた」

史也は目を開いて、水道屋をちらりと盗みみる。そうだ。確かにあるときから記憶が欠けている。彼の身につけているパーカとパンツは中目黒の店で自分のお小遣いで買ったものだ。それは憶えていた。けれどどうしてだろう。服が身体に合わない。とても窮屈だ。

違和感を覚えている史也の隣に座り、水道屋は煙草を吸いながら史也に話しかける。

「認知機能をなくして、君になにが起こったのか、わかる？」

史也は戸惑い、首を振る。

「君は三年間眠っていたんだ。君はいま、十七歳なんだよ」

ふふっと笑って、水道屋はうれしそうだ。苛立ちに史也の声がきつくなった。

「さっきから意味ありげになにかを仄めかすみたいないい方をするのはやめてくれませんか。おれはおれの身になにが起こったのか、事実をしりたいだけです。確かに自分はある期間意識がなかったようですが、それはどういうことなんですか。white washに罹患したって、どういう意味ですか。確かにwhite washはおばさんが侵されていた病気です。それは憶えています。あの病気は治ることはありません。治療法がないからです。だからそれにおれが罹患していたとは考えられません」

「まあまあ、そんなに怒らないで。はい、これ」

水道屋はタブレットを史也に手渡す。

「……なんですか？」

「君が意識のない間に起こったことを、おれがまとめた映像。話すより、観た方が早いでしょ。言葉にすると、嘘くさくなっちゃうし、ね。それぐらいいろんなことがあったんだ」

史也は暫く水道屋を睨んでいたがあきらめたようにタブレットをタップする、映像が現れる。煌めくネオンの大都市のあらゆる場所が大雨で烟(けむ)っているシーンからそれは始まる。

ざあっと叩きつけるような雨の音。川の橋が流され、水は広い大地をまくりあげるように埋めていく。それを覆う叫び声や悲鳴。泣き声。名前を呼び合う声も聞こえる。そこで画面は切り替わる。カメラは大きな街を遠くから撮影しているようだ。高い建物が呑み込まれるほど街は茶色に波立った汚れた水に覆われている。多分東京タワーだと思われる赤い鉄塔の天辺だけがかろうじて映っている。次の瞬間、カメラは一旦巻き戻り、押し寄せる濁流がもう一度ひとや家や街そのものを巻き込んでゆく様子を捉えていた。

「これは……」

史也が水道屋をみあげると「洪水だよ」と水道屋はいう。

「そこに映っているのは東京だけど、洪水は東京だけじゃない。日本、いや世界中が洪水に巻き込まれたんだ」

「まさか……」

「タブレットをスクロールして確認してみるといい」

史也は指で画面を動かす。逃げるひとびとを追いかけるように足許にあった水がみるみる胸の上まで嵩を増し、そのまま水に呑み込まれる様子が淡々と映っている。違う場所、違うアングルでおなじような映像が幾つも続いた。ひとびとは叫びながら、泣きながら、脅えながら、そして言葉もなく水に呑み込まれていく。画面が変わると、水道屋の言ったように日本だけではなく、アジアからヨーロッパを経由してアメリカ、さらに遠く乾燥したアフリカの土地の風景も映る。やはり雨が降り、水が濁流となり街を満たしてゆく。水蒸気が画面を烟るような灰色に染める。世界中でひとびとは生きたまま、水に呑み込まれていく。史也の目から自然に涙があふれ出す。

「何故？　……なにが起こったんですか……」

「月がふたつになり、そして体積が二倍になった。それで海水面が急上昇したんだ。海は何倍もの高さになって、波が岸辺だけではなく都市にまで押し寄せた。誰にも止められなかった。あっという間の出来事だったんだ」

「月がふたつ？　どういうこと？」

「新月の〈月作戦〉さ。彼は white wash の終息のためにそれを使ったんだ」

水道屋が語る言葉の意味を史也はつかめない。タブレットをじっとみつめる。涙を拭い、険しい表情のまま口を開く。

「よくわからないんですが、ほんとうだとしたら犠牲が大きすぎると思います……。どれくらいのひとが亡くなったんですか」

「少なくとも全人口のほぼ半数……、より多いかもしれないし、少ないかもしれない。正確な数はわからないんだ。行方不明のひとも多いしね」

その数を史也は巧く想像できない。水道屋にもそれは伝わった。より易しく水道屋は告げた。

「ともかく大勢のひとだ。たくさんの生命が失われた」

タブレットには水に浮かんでいる遺体が映っていた。泥に塗れ、顔や手足は青黒くくすみ、むくんで腫れあがっていた。それはみてはいけないものだ。史也のこころの動揺に気づき、愁いのあるまなざしを寄せ、水道屋はそっと語りかける。

「金子史也くん」

「はい」

「君がまだ観ていない映像はかなり奇妙だと思うよ。観る前におれから少し話そうか」

史也は強張った表情のまま首を傾げる。巧く思考をまとめることができない。

「洪水が起こり、新たな生物が現れた。正確には変化したんだが……。彼らはアンデッドという……。アンデッドの噂は以前からあった。けれど彼らは実在したんだ。君も意識を失う前にそんな噂を聞いたことがあるだろう？」

「ええ、まあ……。でも僕は信じてなかったです」

「史也くん、君にはかつて教団のテロによってwhite washのウィルスに、――あのね、つまり白屍病にさ、罹患した親戚の方がいたね」

「はい」

「君のおばさまは他の患者さんと少し違ったことはしっているよ。君もそうだったようにwhite washのウィルスによって、身体のすべての機能を失った訳ではない。でもやはりもう以前とは違ったね？　話すことも、歩くこともできなかったね？」

「はい……」

「でも他のwhite washの患者たちはもっと症状が重かった。呼吸もしない。心臓も動いていない。瞳孔まで白い。けれど死んでいる、というのでもなかった。身体のなかを微かな電気パルスが飛び交っていた。腐敗もしない。white washに罹患したひとびとは政府が専門の施設に隔離収容していた。秘密裏にね。その施設の大半は水に沈んだ、彼らは忘れられたと誰もが思った。でも違ったんだ。水に沈んだ彼らは純白の身体のまま目醒めたんだ」

史也は黙ったまま次の言葉を待った。おばさんは目を開けて、なにか話したのだろうか、と考えながら。

「彼らはアンデッドとして蘇った。それがどういうことか……、少し話しづらい。タブレットを開けてみてくれ」

史也は再びタブレットを開く。水死体が汚水に浮かんでいる。遠くからゆらゆらと揺れるひとの群れが近づいてくる。救助隊か、と史也は思う。それは一艘の粗末な舟だ。錫杖を持ったひとりの男が舟の舳先（へさき）に立っている。

「あれは空穂舟だ」水道屋が短くいう。「君も乗っていたんだよ。憶えていないかもしれないけどね。不思議な舟だ。沈むことのない舟なんだよ」

舟は水辺に近づく。男は舟の舳先からひらりと飛び降りる。黒いスニーカーが水に濡れるのも気にもせず。彼の後ろをついていくように舟から次々に人影が降りてきた。史也は目を凝らす。それは見慣れないものだ。史也の目に映っているのは真っ白な裸の人間たちだった。

「white washに侵されたひとだ」とまた水道屋はいう。先頭に立つ男は白いひとびとを操るように錫杖を振る。それはしゃんという鈴のような気持ちのいい音を響かせる。白いひとびとは膨らんだ水死体に近づくと、頬や首、胸などの柔らかい場所に口許を寄せた。

「うわっ……」

思わず声が漏れ、史也はタブレットを落としそうになる。白い人間たちは水面に浮かんでいる屍に次々に喰らいつき、皮膚を剝いだ。屍体は身動きしないまま体を喰われていた。

錫杖がまた鳴る。男はなにか呟いている。

「ウタだよ。新月は謡うんだ」

そのウタが響くと屍体から流れる赤い血が水面に輪のように幾重にも連なっていたのが次第に薄れ始める。白いひとびとはその手を自ら喰いついた屍体に載せた。すると喰われた屍体の傷は癒え、その身体は白くなっていった。

「white washの患者たちは屍を喰らう。そうすると洪水で亡くなったひとたちもみな白くなった。伝染病のように。white washという言葉のように、白く浄化されたみたいだ。白くなったヒトはアンデッドと呼ばれるようになった」

アンデッドは屍肉を喰らう、という噂を聞いたことがあった。そのとき、史也は嫌悪と違和感を覚え、こころでそれを打ち消し、信じなかった。屍肉を喰うなんて、人類の原罪のひとつじゃないか。ありえない、と。しかしタブレットのなかのアンデッドは確かにひとを喰っていた。史也はくちびるを噛む。やりきれない嫌悪感が彼を包む。しかし史也はタブレットを見続ける。タブレットのなかの錫杖を持った人物に目を凝らした。このひと、しっている、と史也は思う。けれど史也の記憶はまだ曖昧で、つながらない。

水のなかに白いヒトが大勢たゆたっていた。

しばらく流れは続く。やがてその周りの茶色く濁った水が次第に澄んでいくことに史也は気づいた。アンデッドが増えると、水は空の色を映した透明なブルーになった。底に沈んだ小石まではっきりみえる、そんな澄んだ水に。

「新月がアンデッドを操り水死体を喰わせると、white washのウィルスは次第に消えていった。水は透明になった。新月は自ら汚した水を再び自らの手で浄化した。それは科学的に証明されたんだよ。専門家たちが水を分析してみたんだ。それは飲めるほどの、そして実際に飲んでみるととてもおいしい水だった。カドミウムも六価クロムも検出されなかった。そうwhite washのウィルスもね。それは何処にもなかった。新月はアンデッドを使い、white washという伝染病を駆逐したんだ。白屍病は死と再生のための病だったんだ」

史也はじっとタブレットのなかの映像をみつめていた。大勢のアンデッド。名前をなくしたたくさんの屍体たち。手はふるえ、切れ長の瞳には涙が滲んだ。

それはまるで安っぽいゾンビ映画のようだった。混濁した汚水に浮かんだ死体――水死のためにバーナム博物館の見せ物のように膨れ上がっている――を全身が真っ白になった人間たちが取り囲み、まるで魚を喰う鷗(かもめ)のように死んだ身体を貪り、蠟のような白いヒトに変えてゆく。これが救い？

「ねえ、金子史也くん。君はwhite washに罹患したけれど、他の患者とは違った。いわゆる変異株として教団に収容されていたんだよ。何故ならwhite washの患者たちはみなアンデッドに変化したが、君は違った。そう、君はアンデッドにならない。それは不思議なことだけれど、もっと不思議なことをできる〈能力〉が君にはある。そうだね？」

水道屋は史也の隣に座り、煙草を吸いながら史也に話しかける。史也はぼんやりとその横顔をみる。

「〈能力〉？　なんのことですか？」

「君は久雨をしっているよね？　今宮久雨だよ」

史也はぎこちなく頷く。次の言葉を警戒しながら。

「おれと君、どちらかが久雨を手にすることができる。そのための〈能力〉だよ。君もまた猿田彦のひとりとなったんだ」

「猿田彦？」

「古来から存在する、しかし誰も正体をしることのない神のひとりだよ」

「僕は神を信じていません」

「でも君は久雨に逢いたくない？」

水道屋の言葉に史也の表情が少し歪んだ。それははじらいと戸惑いだった。彼のこころがいま、動いた。水道屋はそれを見逃さない。

「ねえ、久雨は何処にいるんだろうね？　おれと君のどちらの許に彼女は舞い降りるんだろうね？　あの白い靴は彼女を何処に導くのだろう？　ねえ、君もしりたいだろう？　君は久雨をほしくはない？」

それは水道屋の声であったが、同時に新月の声でもあった。史也は遠くで軽やかなステップを踏む久雨の白い靴の音を聞いたように、そっと彼方を振り向いた。

25

いつもの夜とおなじように万波神名は水道管破損検査用の特殊な筒の棒で地面をこつこつと叩きながら、歩いていた。地下を流れる水の音を、少し首を傾げて静かに聞く。凍えるような寒い夜だった。冬の星座が夜空にくっきりとみえる。空気は澄んでいた。風はない。住宅街には人影もなかった。

万波は歩みを止める。耳がなにかを捉えた。不可解な音だ。彼の足の下を流れる水道からその音は聞こえた。それはいつも聞こえる水流の音とは確かに違う。辺りを見回し、イヤーピースをつけ直す。確認のためにもう一度筒の棒で地面を叩く。間違いない。なんらかの異常がある。

一度水道局の詰所に戻るべきだが、いまは真夜中だ。万波は暫く夜空を眺めていたが、意を決して、腰に吊り下げている道具を使い、マンホールの蓋を開けた。

ぱっくりと開いた黒い穴が、万波の目に映った。その穴に迎えられるように、側面に取り付けられた細い階段を降りる。底まで辿りつき、階段から足を離す。そこには川のように水が流れていた。おかしいな、と万波は思う。ここには水道管があるはずだ。何故、川があるのだ？　それもこんな地下に？

訝しく思いながらも誘蛾灯に誘われる蛾のように地面の下の川に沿って万波は歩いていく。薄暗い青い道の数メートルおきにオレンジの電灯が灯っている。

この道は川を離れて何処かにつながっているみたいだ。そう思った万波を招くかのように道は水路を離れて薄闇の奥へと伸びていた。

東京の地下水脈にこんな仕掛けがしてあるなんてありえない。ひとびとに安全な水を供給することが国の義務だ。もし誰かが政府に無断で、この道を作ったとすればそれは犯罪なのではないか。万波は憤りながらも誰にも連絡しようともせずに歩き続けた。深みのあるうつくしい水音が響いた。ぼんやりした薄闇の狭い通路が急に開けた。ひとりの少女がそこにいた。

その少女はまるで聖堂に描かれた天使のような白い服を着て、白い靴を履いていた。黒い髪が翼のように揺れている。彼は頭を振った。天使？　ばかばかしい。そんなものはいない。

頭ではそう思いながらも暫くの間万波は動くことができなかった。彼はひどく戸惑っていた。それも仕方ない。彼はいつも通り真夜中の水道管の点検に街を歩いていただけだ。しかしいま、彼は想像もしていなかった現実を目の当たりにしている。おかしい、と思う。こんなことが起こりうるのか？　しかし彼はそれを打ち消すように慌てて口を開いた。なるべく現実的なことをいって、この奇妙な状況から逃れたかった。

「あの、失礼ですが、あなた、中学生ですよね？　どうしてここに……」

久雨は黙ってうつむいた。万波は近寄って久雨の手を取ろうとした。

「こんな夜中に外に出るなんて、家のひとも心配していますよ。送っていくから帰りなさい。家は何処なの？」

「家？　街もビルも学校も、形あるものはすべて大きなふたつの月が呼んだ雨に流されてしまったじゃない。あなたこそ、どうしてここにいるの？　あなたはあの洪水を免れたの？」

「洪水？」

「新月がふたつの月を使って巻き起こした、地球規模の災害を、あなたは忘れてしまったの？」

歌うように話す少女――彼女は久雨であるが万波はそれをしらない――を万波は複雑な気持ちで眺めた。可愛らしいがずいぶんと痩せている。手首など鳥の足のようだ。万波の背筋が冷たくなる。それはいつかみたことのある光景を呼び寄せる。しかしその記憶を再生するのを防ぐように万波は少しきつい口調でいった。

「君はなにをいっているの。よくわからないことをいって大人を振り回すのはよくないよ」

「ねえ、あなた、今夜、なにを食べた？」

万波の言葉が聞こえないように静かに久雨はいう。

「朝ごはんは？　お昼にはどんな仕事をした？　部屋の掃除はした？　いつも玄関に来る猫に餌はあげた？　思い出してみて」

「ねえ、それより君は……」

「思い出せる？　思い出せないでしょ？」
「そんなことないよ。今日、なにを食べたかなんていちいち考えないだけだよ」
「そう？　じゃあ質問を変える。あなたはいま、何処にいるの？　ここは何処だと思う？
あなたの過去を辿ってみて。あなたの記憶はいつから途絶えているのか」
「記憶……、が、途絶える？」
「そう、あなたは記憶を失っているはずよ。だってここが何処かも、あなたがどうやって
この場所に来たのかも、もうあなたにはわからないでしょう？」
強い風が吹いて少女の白い服がふわりと膨らむ。それはやはり天使の羽根のようで万波
を惑わせる。羽ばたきを合図にしたように不意に辺りが明るく、殆ど白いような光に包ま
れた。万波の頭上には青い空が遥か彼方まで広がり、眩い陽射しがきらきらと足許に零れ
落ちていた。思わず頭を振りあげ、周囲をぐるりと見回す。万波の目に映るのは砂漠だ。
遠くには塔のような、古代の建築物のような廃墟と化した団地がみえ、まるで映画のセッ
トのなかに入り込んだような錯覚に陥った。
「君はもうなくしてしまったけれど失いたくない記憶を日々再生するために水道局に入っ

たんだろう？　ねえ万波くん」

　聞き覚えのある声が万波に届いた。万波は頭は固定したまま視線だけを動かして声の発せられた方向をみつけようとする。しかし声は何処か遠くから、けれど万波の頭の奥から聞こえたような、奇妙なずれをもたらし、彼はますます困惑し、身体がふるえだすのを感じる。

「万波くん。久雨を呼び出してくれてありがとうね。君は優秀だし、魂だけの存在だから、きっと君が久雨をみつけてくれると思っていた」

　ぼんやりと宙に浮かぶ幽霊船の舳先にひとりの男が現れ、久雨を抱きかかえてふわりと降りてきた。サーカスのような滑稽な動作だが、万波は笑うこともできず、ただ男の顔をみて、呟いた。

「水道屋さん……、ですか？」

「憶えていてくれてありがとう。君と夜道を歩いてから遥かに遠い時間が流れたのに」

「時間なんてそんなに経ってません。あなたと水道管検査をしたのは先週のことですよ……」

　これはなにかの芝居か？　と万波は思う。こんな手の込んだことをして、水道屋は自分になにを伝えたいのか？

「ねぇ我々は目にみえることを現実だと思うようだねぇ。だってそうでしょ。ほんとうのことなんて、それは目にみえないし」

「なにを言っているんですか？　これはなんなんですか？　お芝居ですか？」

「ははは。だとしてもこんな見事なセットを組んだりしないよ。おれはただ久雨を捜していただけ。新月が月作戦を決行してから久雨は時空の彼方に紛れ込んで、行方不明になっていたんでね」

万波は戸惑ったまま嚙み締めるように口を閉ざした。

「万波くん。新聞をみた？」

ここが水道局の詰所のように水道屋は万波に話しかける。新聞？

「日本政府は水道の権利を外国に売ったよ。政治家はばかだな。水を治めるものが王となるのに。王制を失った国を再び王にするつもりなのか」

水道屋はにこにこしていたが万波の青褪めた顔に気づくと、機嫌を取るように軽く万波の肩をこづいた。

「しかしその世界もすべて水に沈んだ。まさしく水泡に帰すってやつだよ、あははっ。生きているのはアンデッドだけだ。人類はほとんど絶滅してしまったからね」

「人類が絶滅？　なにをいっているんですか？　そんな空想話みたいなことをいうなんて、あなたらしくないですよ、水道屋さん。あなたはもっと現実的なひとのはずだ」

「あなたは悲しい夢をみている」

まるで本の頁を捲るように久雨は水道屋の腕から離れ、万波に言葉を告げる。水道屋も久雨に同意するように頷く。

「そうだよ、万波くん。君は夢をみているだけの、そうだね、いってみれば魂だけの存在なんだよ。さっきもいったっけね？　意味はわかる？」

「え？　……はい。いいえ？」

「水道の蛇口を思い起こしてごらん。君の一番最初の記憶だ。そうだね？」

万波の返事を待たずに水道屋は続ける。

「でもその記憶が最後の記憶とはいえないだろうか？」

「最後の？」

「まだ気がつかない？　あなたはもういない」

久雨がくちびるを開くと花のように声が落ちる。万波は目の前が暗くなる予感に怯える。そうだ、ここは何処なのだ？　遥かに広がる青空の下、少女と水道屋と自分以外、誰もいない。短い影すらない光のなかに万波は立ち尽くしていた。

何故自分はここにいる？

万波は水道管破損検査のための筒の棒で地面を叩こうとするが、それすらもう何処にも届かない。なんの音も聞こえない。

ではこれは間違いなのか？

であるならば自分は何処で間違えたのだ？

そもそも自分が犯した間違いなのか？

汗ばむほどの暑さに喉が渇いているのを万波は感じる。狭い団地の一室。視線の先の台所のシンク。そこにある水道の蛇口。銀色の不思議なフォルム。万波の頭の奥で遠い記憶がフラッシュバックする。彼が持つ、最初の記憶が蘇る。万波の幼いころの記憶。それは弟たちの死の記憶だ。彼の背中に回されたちいさな指。上の弟だ。最澄。憶えている。生々しいほどに。まだ言葉にならない幼く高い声が彼の耳に木霊する。赤ん坊の泣き声。そうだ、この声は下の弟、聖徳だ。それをあやす自分の声も聞こえる。忘れていた、はずだった。忘れたかったはず、だった。しかしそれはずっと彼のそばにあった。地下の水道管を探して耳を澄ませていると、いつも彼のすぐ近くにあった。にいに、水という弟たちの声。淡く、遠く、すぐ近く、耳に響く。にいに。水、飲みたい。にいに、水、出して。喉渇いた。死んじゃう。にいに、死んじゃうよ。にいに、苦しいよ……。あふれるような記憶。彼の目の前に銀色の蛇口がある。届かない。弟は泣き続ける。しかし涙は出ない。彼も、弟たちの身体もからからに渇いている。今日も。今日も?

そう、それは繰り返される。万波はいつもこの場所に戻ってしまう。心臓が強く打つ。大きな音が耳の奥に響く。蛇口をひねればいいんだ、と万波は思う。そうすれば弟はもう泣かない。自分の渇きも癒せる。蛇口に手が届きさえすればいい。彼は手を伸ばす。にいに、にいに。喉渇いたよう。ママ、何処にいったの。にいに……。疲れたのか弟の声が小さくなった。

ああ、こうしてまた弟たちが死んでゆく。もう何度も繰り返された絶望がまた彼を襲う。

それはループし続け、終わることがない。万波の目から涙があふれる。

ずっと苦しい。ずっと悲しい。弟たちを守れなかった。救えなくて、消えていった生命たち。万波は頽れる。忘れようとしていた、と彼は呟く。けれど決して忘れられない。彼の内側にはまだ消えた生命が息づいていた。

「たっぷりのおいしそうな記憶だ。アンデッドがよろこぶね」

水道屋の言葉に身体が硬く強張っていく感触を万波は覚える。まだ思い出せないなにかがあることを誰かが伝えようとしている。

「あなたはもう死んだの」

久雨は告げる。万波の頭の奥で水道管を叩く音が聞こえる。それは木琴の音に似ている。弟たちと叩いて遊んだ。いや、そんな記憶なんかない。ないはずの記憶のなかに自分がいるのか？　水道屋はいう。

「そうだよ万波くん。気がついてない？　君、死んでいるんだよ。もうずっと前からね」

水道屋が降霊術でも行うかのように人差し指を立てていった。

「正確には君は二度死んでいる。一度目は母親の育児放棄による死だ。そうだよ、君たち兄弟は見捨てられた。救いも来なかった。そこからの記憶は幽体となった君の執筆した物語に過ぎない。ま、君の描く物語はそれなりにリアルだったけどね。そして二度目は洪水による死だ。意識だけの存在だった君をも遠い涯に流すたくさんの水によって君は死んだ」

「でも……、自分はまだここにいます。生きてます」

「そうだね。君はこれからアンデッドに喰われるために蘇った生贄（いけにえ）だからね」

「アンデッド？　え？　それはただの噂でしょ？　あの生贄って……？」

「アンデッドは屍肉を喰い、その人間の持つ記憶や能力を継承する。それがアンデッドの生まれた理由だ。人類の歴史すべてをアンデッドは保持している。その意味では君もまたアンデッドなんだよ、万波くん」

「自分は……」

「君の手は蛇口に届いた。水は逆って君を濡らした。それは澄んでいたかもしれない。けれど透明だから、純粋な水だといえるかい？　君もしっているだろう？　色もなく澄んだ身体を蝕（むしば）む猛毒が、きれいな水のなかに潜んでいることを」

水道屋の言葉に銀色の蛇口が宙に浮かんでいる幻覚に万波は捉えられる。それがそこにあるのではないと、理性では否定しながら、彼はその蛇口に手を伸ばす。幼かったころのように彼の遥か頭上にある感覚が彼を包む。ジリジリとした焦燥感。あの蛇口に手を伸ばせ、と万波は奥歯を嚙み締める。水だ。水を飲まないと、自分は死ぬ。

「残念だね、万波くん。その水を飲んだから君は死んでしまったんだよ」

「それはどういう……」

「君の住んでいた家の近くに大きな工場と川があった。工場は汚染水を川に廃棄していた。君はその汚染された水を飲んだんだ。それは猛毒だった。結果たった四歳で君は死んでしまった。でも君の無意識はそれを容認できなかったんだね。君の無意識は成長し、汚れのない、澄んだ水を探して、道を特殊な棒で叩いて、耳を澄ませている。悪いけどね、万波くん。僕は君を利用した。魂だけの存在となっても成長を続け、いつも水を求めて彷徨っている君なら久雨を捜し出せると思った。君はよくやってくれたよ。多すぎる水と少なすぎる水。おれたちは、人類は、といってもいいね、永い永い年月をそのふたつに悩まされてきた。新月がふたつの月を使って世界規模の大洪水を引き起こしてたくさんの生命が失われたけれど、少なすぎる水に飢えていた万波くんが、多すぎる水に流され行方知れずとなった久雨をみつけてくれた。おれはずっと久雨を捜していたんだが、おれではみつけられなかった。新月が巧妙に久雨を隠してしまった。だから万波くん。君のちからを借りたいと思ったんだ。ありがとうね。といっても君が死んだということを伝えに来たのも、おれがここに来たもうひとつの目的なんだけどね」

万波は呆然と立ち尽くしていた。

「自分は死んだ？　ずっと過去に……。弟たちと一緒に？　でもそれじゃ……、ここにいる自分ってなんなんですか」

「あんまり深く考えても仕方ないよ。だって死んでいるのは事実だし、もう変えようがないからね。みてごらん、万波くん。ほら、また舟が来たよ。君のために用意されたいわば黄泉の国へと運ぶ舟だ。君は乗り遅れただけだからだいじょうぶさ。もう君は記憶を取り間違えることはないよ。舟には君の弟さんがふたり、乗っている。自覚してない失踪者として、そうだよ、幸福にね、万波くんを待っている。怖くなんかないさ。今度こそうまく生きていけるといいね。人生がもう一度あるなら、だけど。さよなら、万波くん」

万波の耳に音楽が聞こえる。懐かしい曲だが、タイトルがわからない。思い出そうとす

るとふっと意識が遠くなる。舟が近づいて、舳先に弟の姿がみえた。にいに、と笑ってい
る弟たち。さがしていたんだよ。行こう、にいに。みんな待ってるよ。
万波はちからなく亡霊のような弟たちをみあげた。
自分は舟に乗るしかないのか。自分の人生とはなんだったのか。
気がつくと辺り一面に真夏の花が咲いていた。それは赤く、彼を招いた。万波は舟に乗
り込み、遠ざかる花をじっとみつめていた。

万波を見送り、異郷の地を水道屋と久雨は並んで歩き始める。
「あのひと、かわいそうだわ」
久雨の言葉が水道屋の耳に入った。水道屋は遠く高く、水晶のように透き通った空をみ
あげた。なにかを思い描くように水道屋はそっと久雨にいう。
「仕方ない。万波くんの人生さ。おれには変えられないよ。しかし新月はうまく動いてく
れたな。君に呪いをかけ、記憶を奪い、まっさらなままこの場所へと送り届けてくれた。
月作戦で人類もウィルスもリセットしてくれた。充分に彼は動いてくれたよ」

「新月を操っていたのはあなたなの、水道屋さん？」

「操っていた訳じゃない。洪水を起こしたのは新月の意志だ。でもおれは君をロストしてしまった。ずいぶん長い間君を捜していたんだよ。この場所に預言者として召喚させるためにね」

「相変わらずね。あなたはなにをいっているの？　預言者なんて大げさね。新月が私を生き返らせ、私は〈死に還り〉として特別な存在になったといったけれど、それはただ仮死状態だった赤ん坊が息を吹き返しただけ。〈能力〉なんてない」

「君が特別なのは新月の〈能力〉ではなく、その後、エスプレッソマシンのなかで生きていたことだ。成長を止め、けれどずっと生きていた。そしてそこから帰還した。君はエスプレッソマシンの世界でなにをみた？　宇宙の始まり、太陽系の産声を聞いた？　雨で冷えた海中で生まれた細菌や微生物、貝類やシダ、長い時間、水中に生きていた生物が背骨のある哺乳類へ変化する様子を。ダーウィンが唱えた進化の過程を君はみなかった？」

「もしみたとして、それがなにになるの？」

「ヒトはいつから人間になったのだろう？　言葉を持つようになったから？　道具を使う

ようになったから？　でも人間以外の生物でもそのようなことをする。ヒトが人間となるには、こころを持つこと。文化や信仰を持つことでは？」

「信仰を持ったひとたちは多くのひとを殺めた。長い歴史がそれを証明している。きっと文字以前の、まだ大陸がひとつだったころからね。ねえ水道屋さん、私はひとつの化石に過ぎない。私をいくら調べても、歴史を遡れるだけ。生きていたことの軌跡を辿れるのかもしれないけれど、でも誰かがなにを感じたか、ほんとうになにがひとのこころに起こったのかは永遠にわからないの」

水道屋が久雨の肩を抱き寄せようとするが、久雨はするりと手から逃げる。水道屋は軽く鼻を鳴らすが久雨は真っ直ぐ前方を向き、彼をみない。

「人類がいつ信仰を持つことになったか。それがどのように生まれたか。それもわからない。あなたも人類や、それのもととなったかもしれない生きたものから生まれた信仰という幻想のひとつに過ぎないのよ、水道屋さん。いいえ、猿田彦さんって呼んだ方がいい？ねえ、あなたは実在しない。ひとがいなければ神が出現しないようにね」

「久雨。君が化石だとしても、現に君はここにいる。生きている。君の望(のぞみ)は？　君がしたいことはなに？　君の夢は？　ねえ久雨。ひとは弱い。悲しいほどにね。いままで長い間この世界をみてきたけれど、最後にみんな殺し始める。おれは何度も止めようとした。何故殺す？　ひとは死すべき生き物なのに。許し合い、話し合い、共存できないのはどうしてなんだい？　アンデッドはひとを喰うけれど、そのひとの持つ記憶を受け継ぐ。ひとにはできないことだ。ひとよりアンデッドの方が価値があるのでは？　自分の得たものを後世へとつなげる。その意味でひとは死ぬことがない。信仰とはそういうものでは？　人類が手に入れることができなかった信仰を受け継ぐのがアンデッドだというのは皮肉だけどね」

「エスプレッソマシンとこの白い靴がなければ、なにかが変わったの？」

久雨の言葉が届くと猿田彦は凪の海のように静かな青い瞳を伏せた。壊れた星の欠片、と久雨は思う。あの日は何処にいったのだろう？

猿田彦は楽器を奏でるように久雨の手を取った。彼は希望を胸に秘め、すべての罪悪のラインを飛びこえる。

「久雨、おれといたら君はもう死ぬことはない。苦しいこともない。おれといこう」

風が吹いて、久雨の髪を揺らした。目にみえない時の流れが淡い色の薔薇の花のように落下しいき過ぎるのを猿田彦はみた。久雨はにっこりと笑って首を振った。

「それをいうためにこんなに回り道をしたの？　あなたが策を練らなくてもいつか人類はいなくなったかもしれない。神様の真似事は楽しかった？　あなたも普通のひととおなじ。他人を支配したいし、操りたい。どうして？　あなたは好きなひとに好きだと告げる、ただそれだけのことがこわいんでしょう？　拒絶されたくないから。傷つきたくないから。そうされるならあなたは他人を攻撃することを迷わない。でも私もきっとそうよ。猿田彦さん。私はただの中学生よ。私に幻想を持たないで」

「一本の線をひいて、その内側の人間が、他人が線の外側にいる、という理由だけで外側の人間を憎める。驚くほどそれは簡単にね。歴史を旅している間、おれはそれを何度も目にした。おれはそんな世界を許せなかったんだよ、久雨。それだけなんだ」

「信仰でそれは変えられない。むしろ線は太くなって、さらに幾つもの線を作るんじゃないかな。外側のひと。境界線上のひとを大勢作り出すために信仰は必要とされたのかもしれない」

「君の方が人間を信じていないみたいだ」

「ううん。他人よりも自分を信じているだけ。それに私はまだ新月に用事がある。彼をたすけなくちゃ。それが私の仕事なの。ねえ、あなたはしっているでしょ？　新月はいま、何処にいるの？」

　眶を指で押さえ、あかんべえをするようにくるりと裏返す。猿田彦は水道屋に戻った。サングラスで青い瞳を隠した。水道屋はやれやれというように頭を振った。

「新月はね、エスプレッソマシンのなかだよ。新月は自分の父親を殺しにいったんだ。君はそこにいくの？」

「白い靴を返しにいかないといけないの。さようなら、猿田彦さん」

　そういうと、久雨はその白い靴で水道屋の許からひらりと離れ、駆けていった。

　水道屋は細い指でサングラスを取り、その姿を見送った。遠ざかる白い影が青い瞳にきらりと光った。黒いシャツを着た猿田彦の手に赤い椿が落ちてきた。さようなら、猿田彦さん、か。花びらを散らすことなく落ちる赤い椿。掌に載せられたそれは彼の生命でもあった。

26

轟音が新月の耳に響いた。それが彼の前を横切る古い形の電車の立てた音だと気づくまで数秒かかった。おかしいな、まるで眠っていたみたいだ、と新月は思う。ほんの少し、電車を待っていただけの僅かな時間が思いがけない酩酊を呼んだかのように彼の身体を疲弊させていた。しかしそもそも電車そのものが幻影かもしれない。世界は水没したのだから。

彼は顔をあげる。黒いスニーカーで泥濘んだ土を踏み締める。錆びついたレールを跨ぎ、前を向く。そこにはなだらかな丘がみえる。青い空が彼の頭上に羽を伸ばすように広がっている。雨あがりの空は洗い立ての車のようにぴかぴかに光っている。このまま太陽が彼を照らし続ければ泥濘んだ大地も乾いてゆくだろう。

緩やかな勾配のついた道を新月は歩いてゆく。丘の上にはかつて新月が久雨に呪いをかけた店があるはずだ。季節がめぐると周期的に移動する鳥たちが目的地を間違わないのとおなじように、新月の歩みはしっかりしたものだった。やがて遠くに給水塔がみえてきた。新月の店はそれに守られるようにぽつんと佇んでいた。あの洪水が世界を呑み込んだ後、新月のいた場所だけが舞台の書き割りのように変わらず彼を迎えた。店はなにごともなかったかのように古い木の温もりを持って彼を待っている。人生とは連続した舞台なのか。しかし彼は表情を緩めることはしない。自分が引き起こしたことが多くのひとの生命を犠牲にしたことを忘れない。こんなつもりじゃなかったんだけどな、と新月は思う。彼は幼いころ、他人を救うことを自らに課せられた、まるで使命とでも信じている教団や信者たちに、深い疑問を感じていた。彼らの使っている「他人を救う」という言葉は他人からの借り物に過ぎない。そこに真の源泉はなかった。けれども彼らはそれを免罪符のように、自らを正当化するために使っていた。幼い新月はそんな彼らに罪を背負っていると感じていた。だが実際に罪を犯したのは他の誰でもなく新月自身だった。彼はその事実をまだ受け止めきれないでいた。そして自分がまだ為すべき仕事があることに思いを馳せていた。

勇気を出さなければ、と新月は思う。罪を犯したのは僕なのだ、ともう一度自分にいい聞かせるようにいう。彼はその重みにほんの少し猫背になった姿勢でドアを開け、店のなかに入った。懐かしいコーヒーの香りが残っていた。椅子に座り、カウンターを眺める。そこにはエスプレッソマシンがある。これが自分の始まりだ、と新月は改めて奇妙な形をした機械を眺めた。そしてこうも思う。猿田彦テロ事件。それを憶えているひとももういないだろうな、と。しかし宗祖の率いる教団はほんの僅かの間とはいえwhite washという特殊な疫病で、日本を脅かし、政府を転覆させた。彼らは革命を起こしかけた。もしほんの少し、たとえば天皇やその家族がwhite washに罹患したら、政府の対応も、教団の運命も自分の所属するこの未来もまた違っていたかもしれない。しかし運命を占うことはすべて仮定に過ぎない。猿田彦テロ事件は失敗に終わったのだ。教団が日本を手にすることは叶わなかった。そして教団は解散させられた。教団のなかで生まれた子どもたちも隠された施設から解放され保護された。新月もそのひとりだ。教団は新月が思うほど強固ではなかった。彼はそこで自分の人生を取り戻してもよかったはずだ。確かに彼は特殊な環境で生まれた。しかし彼が思春期を迎える時期に教団は解散した。それが事実であり、新月の新しい過去となった。しかし教団の一部には政府に近い者もいた。そして政府は教団が引き起こしたwhite washという疫病を駆逐しなければならなかった。その後始末のために必要とされたのが新月だった。宗祖とともに猿田彦テロ事件に加担した信者は基本的には逮捕勾留されたが、数名の信者たちは罪を逃れるため極秘に政府と交渉を行った。新月の呪力師としての〈能力〉を政府が利用することを信者たちは政府に提案した。具体的には新月が呪力師となり、その〈能力〉をもってアンデッドを指揮し、ひとが足を踏み入ることのできなくなった場所で「仕事」を行うということだった。それはwhite washに罹患したのちアンデッドとなった〈生きた遺体〉を操り、放射線に汚染され、生きている誰もがその場所にいられない、まるで聖域に似た〈ゾーン〉と化した土地を静粛に整えることだった。その仕事に指名されたのが新月だ。信者らは彼ら自身の安全と引き換えに新月を政府に生贄として差し出した。新月はそれを断ることもできたが、自らの身体が被曝することもしった上でその仕事を引き受けた。代償として新月はエスプレッソマシンを手にすることを求めた。新月はあの不思議な機械がどうしてもほしかった。彼はそれに魅了されていた。彼は自身の人生（彼はまだその半ばにいるが）を思い起こす。あの不思議なマシン。あの

なかに生きている小さなひとたちをみせられなければ、彼はここまで宗祖に詩境のような
こころをかき乱される気持ちにはならなかったのではないかと思う。それは愛に似た、激しい憎悪でもあった。新月のこころはエスプレッソマシンに囚われ、自ら呪力師となることを決断させた。教団が解散した後、彼がその〈能力〉を使い続けることを自ら選んだのは、エスプレッソマシンの内側に住むひとびとの持つ無邪気で朗らかな悪意のない、宗祖が新月にかけた呪いからだった。

新月はエスプレッソマシンの引き出しをそっと開ける。そこには昔と変わらず楽しそうに生活を繰り返すちいさなひとびとが生きている。新月はある決意を持っている。最後の仕事をするために、彼はエスプレッソマシンの世界に戻ってきた。テロが失敗し、逮捕勾留された宗祖は政府の要人の指示により違法に自白剤を打たれ、植物状態だときかされていた。そのため、新月が洪水を起こし、政府によって収容された施設で彼は救助されることもなくそのまま死んだと思われていた。洪水の被害は大きく、各国の機能は殆ど崩壊した。ひとりの生死など確認される由もない。しかし新月は宗祖がこのエスプレッソマシンのなかで、いまでも新月が子どもだったときと変わらずにいることを確信していた。薄い

着物を纏い、背筋を真っ直ぐに伸ばし、墨を磨って半紙に向かって漢詩を綴っている、と。

流れる星のように新月はエスプレッソマシンの世界に降りてゆく。

彼の身体はちいさくなったのだろうか?

それも新月にはわからない。ただ自分がエスプレッソマシンの世界に取り込まれていくことに意識を集中させる。そして洪水が起こる以前の、街の賑わいが新月の身体にそっと寄り添った。変わらない日常がそこにはあった。生活というものがこんなに温かいとはね、と新月は思う。僕はこれがほしかっただけだ。ひとびとが繰り返す退屈で平凡な、しかし確かな幸せ。けれど僕に与えられたものは小さなエスプレッソマシンだ。ここにしか自分の居場所はない。

遊びに興じる子どもたちの姿を追い越し、商店街を抜け、開けた場所にある屋敷の敷居を跨いで門のなかに入る。廊下を歩いて奥の座敷を覗きこむと思った通り宗祖が正座をして机に向かって墨を磨っていた。静かだった。空気は穏やかで、時間が止まったように追憶を刻んでいた。長い間新月は沈黙したまま宗祖の姿をみつめていた。

宗祖、御方さま……。あなたをどんな名称で呼んでいいのか、わからない、と新月は物憂く思う。

お父さん？

その言葉をこころで呟いただけで新月は青く染まる。けれど、そうなのか、と、きっとそうなのだろうと気持ちが昂る。彼は自分の父親だ、と新月は思う。そうでなければ自分の意志を達成する意味がない。いや罪を償(つぐな)えない。新月に残された最後の儀式は父殺しだった。

新月がそばに立っていることに動揺もみせず、宗祖は自然な仕種で漢詩を白い半紙に書き続ける。その姿は若い。宗祖が新月に〈魂〉をいれる儀式を施したあの冬の日に戻ったように痺れる寒さと痛みの感覚が指先に蘇る。しかし、新月はもう大人だ。宗祖の周りをぐるりと囲む石の礫の入った水槽が、午後の陽射しにゆらゆらと光っていた。そこから取り出した礫を甘いといいあい、お互いの唾液に塗れたそれを交互にくちびるにいれてしゃぶりあった。それは催眠術のように新月を自らを選ばれた者、教団の掲げる〈能力〉のある日知離へと錘を持たされたと錯覚させるための巧妙な芝居だった。

しかしあのエスプレッソマシンをみなければ、その儀式がただのまやかしに過ぎないと思ったはずだ。けれどあの不思議な箱を否定することが新月にはどうしてもできなかった。何故ならそこには生きた人間たちがいた。自分となんら変わらず、むしろ自分がこんな風に生まれたら、と願うほどに幸福なひとたちを新月はエスプレッソマシンの世界にみつけた。現実よりも夢のような理想郷がそこにはあった。

「ようやくここまで来たのか」

身をかがめたまま宗祖が静かにいった。新月ははっと顔をあげた。何処からか子どもたちのわあっという愉しそうな笑い声が聞こえる。この場所はいつでもそんな風に穏やかで変わることがない。新月はいう。

「ここがあなたの望んだ世界ですか。子どもの笑い声が響くなか、つましい生活によろこびを見出す、古きよき世界が」

「どうかな。過去に古き良き時代があったと考えるのもまた傲慢なことではないかな。しかしひとそれぞれがこころのふるさとを持つのは悪いことではないだろう」

宗祖は墨を磨り漢詩を書き続ける。彼に罪悪感はないのだろう。それを責めるつもりは新月にもない。

「そうですね。希望を持つことは大事です。何故なら絵に描いたような幸せな家族なんて、教団の外にだってそんなにはないことぐらい、いまの僕はしっています。無償の愛や信仰なんて、物語のなかか、そうですね、このエスプレッソマシンのなかにしかありません。あなたは誰もが望んでも決して手に入れることのできない希望、それを餌に多くのひとをあなたの住む世界へと連れてきた」

「ひとはまぼろしを追うことが好きだ。現実はなかなか思い通りにいかない。ひとびとは求めているものが簡単に、努力せずに手に入れる特殊な方法や手段がないかといつも探している。一般には普及していないなにか非合法な、特別なひとだけがしっている道や方法があるはずだという幻想を持っている。常に他人の目を盗み、願望の叶う抜け道を探している。私はその道の持つひとつの可能性を真っ白なランプを手に照らしただけだ。ほら、そこに消しがたい瑕(きず)があるとね」

怒ったようでもなく宗祖は薄笑いを浮かべる。笑った顔をみるのは初めてだ。新月は腰をおろし、中庭を眺める。生垣(いけがき)の向こう側、青い空に虹が架かる。まるで祝福だ。この架空の世界にそれは満ちる。新月は視線を宗祖の机に向ける。半紙に書かれた文字は読むことができない。宗祖はずっと誰にも読むことのできない文字を書き続けた。

「あなたはその不思議なウタでひとびとを誘い、踊らせ連れ去る笛吹きだ。あなたに呪いをかけられた僕も笛吹きのひとりとなった。そして僕は久雨に呪いをかけた。僕の人生を語ることで、僕という人間が生まれ変われるんじゃないかと思って。でもだめだった。やはりここに辿りついてしまう。あなたを殺しに。回避できないことを頭では理解していても、人間はもしもと考えてしまう生き物です。もしかしたら違う道があるのでは。あなたから逃れる道があるのでは、と」

「そこが人間の一番弱い部分だ。私はそこがとても好きだけれどな」

「僕は善い人間でありたかったし、あろうともしました。これでもね。けれどもうひとりの、まだ名前のない幼い僕はずっとあなたを殺したい、そう思っていました。僕はあなたを憎んでいた。僕はひどく怒っていたんです。善き人間になりたいと右手に思いながら、左手にあなたを殺すための鋭利な刃物を持っていた。たとえば僕は死刑制度に反対だ。どんな理由があっても合法的にひとがひとを殺してはならないと思っている。勿論戦争だってね。しかし自分の憎しみを制御できない。他人を、世の中を、システムを憎んでしまうという呪いがいつも寄り添っていて、僕が善い人間になるのを僕自身が阻んでしまうんです。だから僕はあなたを殺したい。そして実際あなたを殺すためにここにいる。あなたを殺しても、そうでなくてもおなじかもしれない。このエスプレッソマシンの世界が何処まで真実の世界なのかわからないから。でも僕はもう終わりにしたいんです」

「私を殺せば終わるのか？　物事はそんなに単純なのか？　かけられた呪いをとく方法はそれだけなのか？　そもそも呪いはおまえに幸福を呼び寄せなかったか？　わかっているね？　あの白い靴の少女のことだよ」

「久雨のことは……、いまでも僕のこころに彷徨うカナリアです。彼女は森の奥に向かう僕が手にした鳥籠のランプで足許を照らしてくれた仄かな光でした。ある意味ではその光は希望を与えてくれた。だから僕は久雨がほしかったし、呪いをかけてしまった。僕は矛盾を抱えた弱い人間です。でもそれでもあなたは僕に呪いをかけるべきじゃなかった。その〈能力〉で僕は洪水を起こし、多くのひとを死に至らしめた。あなたとおなじ罪を僕は背負った。これもまたあなたが僕にかけた呪いのひとつです。お父さん。僕はその呪縛から解放されたい。あなたが僕にくれた久雨が笑顔をみせてくれても、やはり僕にかけられた呪いはとけない。お父さん、みてください。僕の手にはいま、ナイフがある。いつか猿田彦が村中の人間を殺したときに使っていたナイフだ。このナイフはどれだけのひとを殺しても刃が鈍(にぶ)ることはないんです。血に塗(まみ)れても、いつでも青く光って、また肉に食い込み、確実にひとの生命を絶ちます。僕は水道屋からこのナイフを受け取ったんです。あなたを殺すために」

「私を殺してもまた私はおまえの前に現れる。エスプレッソマシンは永劫回帰(えいごうかいき)に流転する宇宙のひとつだから」

「だいじょうぶ。あなたを殺した後、僕はあなたの屍肉を喰う。あなたの〈能力〉をすべて受け継ぐ。それがあなたが僕にくれた贈り物だから」

宗祖は机から目を離すと、新月を振り返った。その表情は穏やかだった。

「おまえのすべきことをするがいい。私は止めないよ。おまえの人生だ」

新月の身体からちからが抜けた。筋肉が弛緩し、彼は泣き出しそうになる。

「これが僕の人生ですか……」

彼はどの道を歩いても辿りついてしまう滑稽さに崩壊してしまいそうになる。しかし時間を逆行することはできない。ひとはただ一度しか人生を歩めないのだ。

廃線になった線路は赤く錆びていた。それでも夕日に輝くレールは光を反射して眩しくうつくしい。長く続く三叉路(さんさろ)を新月は歩いてきた。彼の髪はほつれ、汗と赤い血が滲んだ額に纏(まと)いついている。歩き疲れたのか新月は大きく息をついた。やがて訪れる夜に誘われるようにレールの上に腰を下ろした。両手に抱えた布に包んだ宗祖の頭部をも、ゆっくりと足許に置いた。元は白かった布は血に染まり、赤黒く斑模様を描いていた。もう腐敗が始まったのか、いやなにおいが微かに鼻を掠めた。しかしそのにおいが逆に新月に宗祖のかつての生命の息吹を感じさせた。生きていたのだ、と、瞳を閉じて新月は思う。宗祖は、自分の父親は、確かに生きていた。殺したのは、僕だ。そう思うと背中に悪寒(おかん)が走った。小石が坂をくだり、自分もそのまま深い谷に落ちたように思う。そしてまるで極寒の地にいるように全身がふるえ出すのを新月は感じ、必死にそれを止めようとくちびるを強く噛んでいた。

「泣いているの?」

柔らかな声が固まった新月のこころに不意に届いた。新月はくちびるをほどき、そして目を開いた。その視線の先に白い靴がみえた。彼は顔をあげる。おそるおそるその名前を呼ぶ。

「久雨？」

「そうよ、私よ」

淡い夕暮れ空を背景に、白い服を着たほっそりとした少女が新月をみおろしていた。髪が風に揺れる。沖の波間にさざめくときの魚が跳ねるように。

「どうしてここに……。いや、ここまで来てくれたの？　僕のために？」

久雨はタップするように白い靴をかちり、と鳴らす。

「あなたが最初にこの靴に呪いをかけたのよ。私はこの靴の望んだところにいくしかないの」

よろこびに新月の頰が光沢うように綻ぶ。彼は足許の赤黒い包みの存在を忘れかけもする。

「髪が伸びたね。きれいになった。あれからどれくらい時間が経ったのかな。エスプレッソマシンでコーヒーを淹れながら君に夢の話をしていたのが遠い昔のようだ」

「そういうセンチメンタルなことをいって現実を歪ませて偽善的な気分になるのはもうお終いにしなくちゃ。大人でしょう?」

新月の顔から笑みが消えた。険しい眉根にほんの少し年齢を重ねた陰が落ちた。

「君にそんなことをいわれると去勢された気持ちになるよ」

久雨はいままさに暮れかけ、夜の訪れを迎える西の空をみあげる。金星と木星が新月の幻滅と悲哀を奏でるようにきらきらと輝いている。その雫を浴びると新月は苦しげに感情を吐き出した。

「僕はだめだ。ひとを殺すこと。憎むこと。僕は畏れてきた。そう考えてはいけないと、自分を諫めてきた。つもりだった。なのに殺してしまう。憎んでしまう。攻撃することを止められない。許せないんだ。感情を理性で制御できない。思考停止してしまう。僕の一番の罪は偽善だ。僕は自分に都合の悪いこと、自分にとって居心地の悪い物事にはこんなにも非情になれる。他者を受け入れようとしない。できない。僕は誰も受け入れることができない。それが僕の罪だ。他者を許せない。僕の気持ちがその存在を拒否しているという理由だけで、僕はひとを殺すことができるんだ。自分の気持ちがなにより大切なんだ。僕の罪は重い。どうしてだろう。こんなにもあのひとを許せなかった。自分の手を汚すことを厭わないほどに」

久雨は新月の両足の間に置かれた血に染まった宗祖の頭部の包みに視線を向けた。新月もその穢れに染まっていた。彼のシャツや腕、汗が乾いた頰や首筋にもそれは黴のようにこびりつき、もう永遠に彼から離れない刺青のようだった。

「ねえ僕の手は血塗れだ。もうこの汚れは消せない」

瞳を閉じて新月はこころの映像のスイッチをいれる。ナイフを振り下ろす自分の姿をまるで俯瞰するように眺めているもうひとりの自分がいる。彼の手に握られたナイフがゆっくりと、しかし迷うことなく宗祖の首に振り下ろされる。ナイフは肉に食い込み、神経を切り、血と体液が吹き零れる。宗祖は新月を憐れむようにみあげている。彼は吐息ひとつ漏らさなかった。その姿に新月は吉行弁護士を思い出す。彼も沈黙のまま死んだ。彼の妻もだ。ふたりの「言葉」はこの世界のどこにも残っていない。自分はなにもできなかった。だから残された赤ん坊のために新月は生きようと思った。正しく生きようと思った。なのにどうして自分はひとを殺しているんだろう？　あんなにも否定した生き方を、自ら選んでしまうんだろう？　自分にとって理念とはなんの意味も持たないのか。真夏の虫が鳴くような激しい音が新月の頭の奥で響く。憎い。このひとを消したい。許せない。何故自分はここまでこのひとを憎めるのか。それは愛なのか？　血縁という目にみえない絆がほどきがたく、それ故自分のこころをこんなにも揺さぶるのか。自分を狂気に駆りたてる衝動に新月はおびえる。身体がふるえ、喉はからからだ。しかしナイフを持った彼の動きは止まらない。ナイフは振り下ろされる。宗祖はその刃にかかり、沈黙のまま、花が萎むようにそっと崩れ、こときれた。お父さん、と新月はちいさく呟く。お父さん。僕はあなたを。あなたはどうして僕を。滾るような憎しみと痛みが新月を襲うが、彼はもう越えてしまった。それでも宗祖の息絶えた部屋に面した庭の向こうは明るいまま、楽しそうな子どもの声が続いていた。新月は宗祖のまだ温かい身体に手をあてる。迸る熱い液体が新月の掌にふれた。新月は目を開いてじっとみつめる。その目は青い。彼はもう一度ナイフを手にする。宗祖の体から頭部を切断するために。そして新月は布で頭部を包むと、それを持って部屋を出た。

「何処までいってもあなたは自分の気持ちが一番大切なのね」

新月は再び目を開けた。淡い闇の遠くの果てに黒い旗が翻っていた。音は聞こえない。けれど夜が来た。月はふたつ空に架かっていた。新月はちからなく微笑む。蛍の子がしゃがむように。

「そうだよ。僕はなにものをも許せない。創り出すことよりも壊すことが好きなんだ。醜いだろう？」

久雨は新月の偽善の罠にかからぬようにそっと目を伏せた。白い靴は砂に汚れることもなく月の光を浴びて輝いていた。その靴を新月は愛しげにみつめた。

「僕のかけた呪いで君の白い靴は君をここまで連れてきた。でも久雨。君にはするべきことがあるんでしょう？　君はもう子どもじゃない。僕にかけるための呪いを、君は手にしているんでしょう？」

新月の足の間に置かれた包みが生きているかのように鋭く響かない声を放っていた。それは新月と久雨との間にだけ聞こえる、ウタだった。

「ずっとこの靴は私から離れなかった。でも今日でお終い」

久雨はそっと白い靴を脱いだ。細い指で久雨は靴を赤錆びた廃線のレールの上に置いた。新月は胸の奥が深く陥没したような絶望を覚える。白い靴を脱いだ久雨はもう新月のものではなかった。彼女の呪いはとけたのだ。

「今度は君が新たな笛吹きとなるんだね」

「そうね新月。今度は私があなたに呪いをかける。あなたがくれたこの白い靴でね」

「そうか、まあそうかもしれないね。呪いは連鎖する。僕は原罪を犯したし、呪いによって追放されるべきだね。で？　どんな呪いをかけるの？」

「あなたの視力を奪うことはしない。でもあなたはみたものがなにかを理解することができなくなる。あなたの聴力を奪うことはしない。でも耳に届くその音がなにを伝えているのかをあなたは受け取れない。あなたの知性を奪わない。でもあなたのこころから記憶が砂時計の砂のように零れ落ちていく。あなたのなかにはなにひとつ残らない。あなたは空っぽになるの」

久雨が新月の店の椅子に初めて座ったあの日を新月は思い起こす。それは遥かな遠い過去のようで、しかしその瞬間に舞い戻ったように新月は感じた。ただ役割が入れ替わっただけだ、と新月は思う。人生は舞台のようだ、というのもまた舞台の台詞に似ている。新月は自分の台詞を告げる。

「それはもうひとではいえないよ」

「エスプレッソマシンのなかに生きているひとたちはみんなそう。だからあの街はいつも平和で楽しい。みんな幸せに過ごしている。愛もないし、殺意もない。それはいつも背中合わせのものだから」

気がつくと新月は宗祖から受け継いだウタを謡っていた。ぼんやりと身体をゆっくり揺すりながら。久雨はそっという。

「あなた、そのひとを殺めたとき、屍肉を口にしたでしょう？」

ウタを謡っていた新月のくちびるがほどけたまま動きを止めた。久雨は近づいてくる春の風をたぐるようにそっと新月の指先にふれる。

「あなたはもう戻れない。自分の瞳が青いことにもうあなただって気がついているでしょう？　あなたは死なないひとになってしまった。だからあなたがいられるのはこのエスプレッソマシンのなかだけなの」

　新月はかつて宗祖の部屋でかけられた呪いを思い起こす。それは何処までいっても新月から離れることはない。宗祖の語った通りだ。身体が動かなくなり、口や鼻や耳に砂が入り込む。息ができなくなる。呪いは続いていた。

「宗祖が僕に預言した深い沼はここだったのか。僕は沈んでしまったんだね」

　夜空に銀の滴が散るように星が流れてゆく。遥か過去に生きていたひとはこの星空を仰ぎながらこころに信仰を覚えたのかもしれない。こころには支えがいる。けれどいま、僕はそれを失うことを久雨からいわれている、と新月は思う。悲しいな、と新月はちいさく身を揺った。血に染まった手からいつか二九番と食べた小実のにおいがした。

「そうか……。楽園でなにもない空っぽな存在として僕は生きていくのか……」

「その代わりもう笛を吹かなくてもいいのよ。あなたはあなただけ。たった独りで生きていくの」

　久雨が白いシャツを脱いで、薄いキャミソールからのぞく華奢な肩を晒した。そしてそのシャツで血に塗れた新月の手や顔を拭った。

「だめだよ、久雨。君が汚れる」

久雨から逃れようとする新月に乾いた甘い吐息の結晶を零す。

「あなたを清めて、それからあなたが殺めたこの最後の肉と骨を土に埋めましょう。霊が再びあなたの許に戻ってこないように」

新月の青い瞳から涙があふれだした。それは止めようもなく迸り、亡びた王国の鎮魂のための祈りのようだった。

「僕は許されることがないのか……」

久雨は憐れむように新月をみつめたが、やはり悲しげに首を振った。終わりが近づいていることを新月は悟り、涙を拭って、立ちあがった。

ふたりは夜の道を歩いた。明るい丘の上に久雨は新月を導いた。かつて大きな組織のリーダーだったそのひとを土に還す間、新月は無意識にあの譜を呟いていた。それは夜の静寂を縫うように広がり、エスプレッソマシンの世界を満たした。そこは安全で、守られており、みなが幸福であった。それをみつめながら久雨は静かに新月に囁いた。

「私はいくね。さよなら、新月」

「もう君には逢えない？　永遠に？」

「うん」

「そうか……、そうだよね。君はいく場所があるの？」

久雨は黙ってただ微笑みをみせた、新月の青い瞳に久雨の拒絶が悲しく映った。かつて新月が引き起こした永い雨の降る世界のなかに歩いていくように、静かに久雨は新月から遠ざかっていく。

「久雨」と新月は霞んでゆく久雨の背中に名前という声を掛ける。

「久雨……」

しかし久雨はもう白い靴を履いてはいない。彼女は新月の許に戻ることはない。新月はエスプレッソマシンの世界に落ちて、永遠にその場所に佇むこととなる。

悲しいな、とだけ、新月はいう。この悲しい夢を僕は永遠にみなければいけない。夢から醒める日は来ない。

さよなら。

さよなら、久雨。

君が好きだった。

君が好きだったんだよ。

けれど青い瞳は世界を青く染めたまま、霞んでいく。もう声は何処にも届かない。

27

水が踊る。優美なダンサーのように両手を広げたかと思うと、飛沫をあげて塔のように真っ直ぐになる。噴水から吐き出された水は透明で、曇りもなく、彼方の空に届くように光を放っている。ベンチに深く凭れかかった金子史也は飽きることなく噴水を眺めていた。

水。

この透明な水が汚染された。大きく膨れあがった水が鎌首(かまくび)をもたげるように濁流と化し、人類をはじめ生きている生物を巻き込み、呑み込んで、地表を覆い、万物を死に至らせた。生命の源の水は諸刃の剣だ。人類は自然を制御できない。なにもかも終わったのか。おれにはなにが残っているのかな、と史也は思う。おれの帰る場所は何処なんだろうな。古ぼけた小さな中学校を思い返す。かつては自分も、大勢の生徒たちも通っていた。あの場所、あの時間に戻ることはもうないのか。あのころは昨日と今日と明日が変わらなく続くと信じていた。それがごく当たり前の日常だった。考えることもなく季節が巡れば自分も、他のクラスメイトも中学を卒業し、新しい学校に進学し、そこもまたいつかは卒業し、やがて大人になる。人生とはそういうものだと思っていた。しかしいまの史也の未来の筋書きはそれとは違っていた。彼は巧く未来を思い描くことができない。

史也の手には水道屋から渡されたタブレットがある。もう何回も見返した。けれど信じたくない過去の映像を、史也はもう一度再生する。世界を襲った洪水。水流に浮かぶ水死体。それを喰うアンデッド。銀の錫杖を持つ呪力師。死から再生する水と生命。受け継がれる記憶。

噴水からまた水が飛び出す。繰り返されるその光景を前に史也は飽きることなくベンチに座り続けている。何処にいったらいいのか、彼にはわからない。

しかしある違和感が彼を捉えた。噴水の向こうに見覚えのあるベッドがみえた気がしたのだ。

ベッド?

何故？

史也はじっと目を凝らした。ガラスの球に入った白い部屋が宙に浮かんでいる。それはかつて史也の家にあった部屋によく似ていた。中央にベッドがあり、寝たきりのおばがいた部屋だ。

これは幻覚か？

無意識に史也はタブレットを閉じる。もう一度、史也はそのガラス球をみる。それは確かにそこに存在していた。幻覚ではないらしい。信じられないけれど、いままでのことを考えれば、それが現実だとしても仕方ないように思えた。そのベッドに横たわっているのはwhite washに侵されたおばだ、と史也は確信する。水道屋は史也の親族はみな、洪水に巻き込まれたといっていた。けれどいま、史也の視界のなかのおばは何事もなかったかのように起きあがった。その姿は史也の記憶にはない、健康だったころのおばだ。史也はこちらを振り向いて笑顔をみせるおばをみていた。カチカチと時を刻む時計の音が聞こえる気がした。それはおばが眠っていた部屋に掛かっていた壁時計の秒針の音だ。それが動き始めたのか？　おばは笑顔のまま史也を手招きした。史也はおばの許に向かおうと立ちあがった。そのとき、声がした。

「いってはだめ。それは猿田彦がみせている幻だから」

史也の耳に声が届くと、幻想的なガラス球は消失した。振り向くと見慣れない服を着た久雨がそこにいた。もしも運命というものがあるとしても、自分にはそれをどうすることもできないとわかっていた史也は驚くこともなく久雨をみつめた。ただ史也の記憶より久雨の髪が伸びていた。彼女の上にも時間が流れたのだろうか。それともこれも幻なのか？誰かが自分を欺こうとしているのか？

久雨は優美な仕種で、リモコンで映像を消すように史也の視界を変える。そこはかつての校舎の屋上だ。青く広がる空の下、給水塔のある場所にふたりは立っていた。史也が先程まで夢想していた、戻りたかった場所だ。そんな史也の気持ちを慰めるように久雨はいった。

「此処からやり直すことができればいいんだけど……」

そうだな、と史也も思うが、やるせない気持ちで彼もいう。

「でもみんな死んでしまったんだろう？　此処だって君がみせている幻想に過ぎないんだ

ろう？」

「そうね。あなたのおばさまやご両親、あなたの周りにいたたくさんのひとたち。みんな新月の引き起こした洪水で死んでしまった。あなたは怒っている？」

まるでこの校舎で授業が行われているようにチャイムが鳴った。音楽室があるようにピアノの音も聞こえる。史也は静かに自分のこころにすくっている感情をみつめた。

「そうだね。怒っているというより、いまだに飲み込めない、というか理不尽な気持ち、というか……、うん、そうだね、まだ混乱している。それを怒りといわれればそうかもしれない」

「その気持ちを抱えることができなくて、自分の父親を自らの手で殺めてきたひとを見送ってきたわ」

眩しい陽射しが影を作り、それは悲しげにふたりを校舎の床に縛りつけた。しかしそれは生命の証でもあった。久雨の掌のなかで新月のもたらした傷が咲くような疼き(うず)が起こり、彼女は瞳を伏せた。

「怒りという感情はひとを強く動かす。そこに血縁という病が――――ひとは血という絆に弱い――どうしてなのか血がつながっているとその関係が絶対に揺るがないものと信じてしまう――確かな証拠なしに。信じるというのが信仰というのなら血縁は一種のそれね。ひとはその信仰心によって理性を制御できなくなってしまうことがある……。愛するひとを守りたいと思うのはうつくしいことよ。正しいと思う。親が生まれた子どもを慈しむ。兄弟を自分のことのように感じる。ごく当たり前の気持ちね。きっと。けれど愛するひとを守るためにひとは簡単に攻撃の側に飛び移ることができる。それに大義や民族、国というものが絡んでしまうと戦争になることすらある……。私は血縁というひとを奪われて育ったけれど、そんな自分を可哀想だとは思わない。自分というものを血縁で括りたくはない。自分で選びたいし、考えたい。だから可哀想なのは血縁という病に囚われたひとのような気がするの。新月はそういうひとだった。だから私が最後の仕事をしたの」

史也は久雨の言葉を黙って聞いていた。久雨が見送ってきたひと。タブレットのなかで錫杖を振ってアンデッドを率いていたひと。そのひとはかつてひとの入れぬ放射線に侵された土地を興していた。罪を償うように。しかしきっとそれは叶わなかった。ひとは選べない。

「でもおれはあきらめたくない」

史也の声に久雨は黙って頷いた。屋上の遥か彼方には青い地平線がみえた。白く光る雲が流れていく。こうしていると過去に戻ったような気がするな、と史也は思う。でも人生は、起こってしまった過去の歴史はやり直せない。それは誰かのせいでもあるけれど、誰のせいにもしたくなかった。けれど運命をただ受け入れるのもいやだった。史也は久雨にそれを告げ、こう聞いた。

「君は君自身をあきらめないためにつらい仕事をしたの?」

久雨は肩まで伸びた髪に指を絡める。史也といると久雨もただの中学生に戻る気がした。涙があふれそうになり、久雨はうつむいてそれをとどめた。

「そうね。それは私のために用意されていた仕事だった。白い靴がそれを導いてくれた。呪いをとくためにはその仕事をするしかなかった。でも私の仕事もようやく終わったの。みて。靴も新しいのに替えた。おろしたてよ」

史也は久雨の靴と、寂しげな彼女の顔を交互にみた。

「きっとその仕事は君にしかできないことだったんだろうね」

「うん。そのための呪いだった」

呪い。久雨が口にした言葉を史也は嚙み締める。僕たちの生とはどれだけ複雑なそれに絡めとられているのだろう。ここにいる自分たち。死んでしまったひとたち。これから始めなければいけないこと。

「しかしおれたちは……」そういいかけた史也の声をさえぎるように久雨はいう。

「私は将来子どもを持つことはないと思う。私は子どもとしてたくさんのひとに利用された。守ることや守られることがとても怖くなった。できればもう誰にも利用されたくない。ひとりでいたい。私はもう誰もいらない……」

「久雨」

史也は思わず久雨の手を取った。うつむいていた久雨は顔をあげて、窺うように史也をみた。

「君こそ囚われているよ。そんなに自分を閉ざしてはだめだ。おれたちにはまだ時間があるよ。未来がある」

「私は……、未来なんてみえない」

「久雨」と史也のくちびるが動く。夏空(なつぞら)が目に沁みる。

「君はずっと白い服を着ていた。でもいまは違う。君は新しい服を手に入れた。そうだね?」

久雨はまだ焦点の定まらない目を宙に浮かせていたが、ちいさな声でいった。

「そう、エスプレッソマシンと引き換えに手に入れたの……。私はもう白い服も白い靴も履かない。新月はもういない。呪いはとかれた……」

史也は久雨の手を握りながら歩き出す。

「何処にいくの?」

「この先にバス停がある。きっとバスが来る。何処にいくのかわからないけれど、乗ってみよう」

久雨はつながれた手をみつめる。それは猿田彦の手でも新月の手でもない。

信じてみようか、と久雨は思う。私にはまだ未来が残っているのだろうか。それともこれからがほんとうの始まりなのだろうか。

なだらかな丘を抜け、草地の続く道にバス停があった。行き先は書いていなかった。ただ時刻表のみが置かれていた。

太陽は眩しく輝いている。ふたりの影は水に沈むことなく、足許につながっている。ここにはふたりを分かつ線はなかった。

やがてバス停に立っているふたりを迎えるようにバスがやって来た。

本書は、書き下ろしです。

使用書体

本文――――FOT－筑紫B明朝 Pr6N L

見出し―――FOT－筑紫Bヴィンテージ明L Pr6N R

ノンブル――FOT－筑紫Bオールド明朝 Pr6N L

白倉　由美

1965年千葉県生まれ。
著作に『きみを守るためにぼくは夢をみる』
『僕らの惜春』（星海社）、
『ネネとヨヨのもしもの魔法』（徳間書店）などがある。

夜明けと白と屍の病

2024年2月26日　第1刷刊行

著者　白倉由美

発行者　太田克史
編集担当　太田克史
編集副担当　前田和宏
校閲　鷗来堂
発行所　株式会社星海社
〒112-0013
東京都文京区音羽1-17-14 音羽YKビル4F
TEL 03-6902-1730
FAX 03-6902-1731
https://www.seikaisha.co.jp
発売元　株式会社講談社
〒112-8001
東京都文京区音羽2-12-21
販売 03-5395-5817
業務 03-5395-3615
印刷所　TOPPAN株式会社
製本所　加藤製本株式会社

ISBN978-4-06-534817-8　N.D.C.913　383p　19cm　Printed in Japan